AF465910

LA SOEVR
COMEDIE
DE
M[R] DE ROTROV.

A PARIS,
Chez ANTHOINE SOMMAVILLE, dans la petite Salle du Palais, à l'Escu de France. 1647.

AVEC PRIVILEGE DV ROY.

ACTEVRS.

LELIE, Seruiteur d'Aurelie.

ERASTE, Seruiteur d'Eroxene.

ANSELME, Pere de Lelie.

ERGASTE, valet de Lelie.

ORGYE, oncle d'Eroxene.

AVRELIE.

EROXENE.

CONSTANCE, mere d'Aurelie.

LYDIE, seruante d'Orgye.

GERONTE, vieillard] vestus à la Turque.
HORACE, son fils.]

LA SOEVR
COMEDIE.

ACTE I.
SCENE PREMIERE.

LELIE, ERGASTE.

LELIE.

O Fatale nouuelle, & qui me desespere!
Mon oncle te l'a dit? & le tient de mon pere?

ERGASTE.

Ouy.

LELIE.

Que pour Eroxene, il destine ma foy!
Qu'il doit absolument, m'imposer cette loy!

Qu'il promet Aurelie, aux vœux de Polydore!

ERGASTE.

Ie vous l'ay desia dit, & vous le dis encore.

LELIE.

Et qu'exigeant de nous ce funeste deuoir,
Il nous veut obliger, d'espouser des ce soir:

ERGASTE.

Des ce soir;

LELIE.

Et tu crois qu'il te parloit sans feinte?

ERGASTE.

Sans feinte.

LELIE.

Ha! si d'amour, tu ressentois l'atteinte,
Tu plaindrois moins ces mots qui te coustent si cher,
Et qu'auec tant de peine il te faut arracher,
Et cette auare Echo, qui respond par ta bouche,
Seroit plus indulgente, à l'ennuy qui me touche;

ERGASTE.

Comme on m'a tout appris ie vous l'ay rapporté,
Je n'ay rien oublié, ie n'ay rien adjousté,

Que desirez vous plus?

LELIE.

Aux choses d'importance,
Oublier quelquesfois, la moindre circonstance;
Un regard, vn sousris, vn mot, vne action,
Ruine absolument nostre pretention;
Et sçachant à quel poinct cet entretien m'importe,
Je t'y puis voir, cruel, repugner de la sorte.

ERGASTE.

Ne vous touchant pas tant, i'y repugnerois moins;
Mais, cette amour, enfin, vous couste trop de soings.

LELIE.

Il m'en couste, il est vray, mais i'en ayme les causes;
Les espines d'amour ne sont point sans leurs roses;
Et quand il faut souffrir pour de si doux appas,
Ie tiens pour malheureux, celuy qui ne l'est pas:
Au reste, estant l'autheur de mon inquietude,
La peux-tu negliger, sans trop d'ingratitude;
Sans tes conseils.....

ERGASTE.

Et bien? n'est on pas malheureux,
De voüer son seruice, à ces fous d'amoureux!

Faictes que le ſuccez reſponde à leur caprice;
On leur rend vn deuoir, non pas vn bon office;
Le peril d'vn Gibet, eſt le moindre danger,
Ou pour ſeruir leur flame, on ſe doiue engager;
Mais ſi quelque accident, par malheur les menace,
On eſt abſolument, autheur de leur diſgrace;
Soit que le ſort enfin, leur ſoit cruel ou doux,
Tout le bien leur eſt deub, tout le mal vient de nous.
Voſtre confuſion, eſt l'effect que merite
La boüillante chaleur, d'vne amour illicite;
I'en auois bien preueu, ce triſte repentir,
Et ie n'ay pas manqué de vous en aduertir;
Mais malgré ces aduis qui ne profitoient guieres,
Ie ne pûs refuſer mes ſoins à vos prieres;

LELIE.

Voyant le precipice, ou tu guidois mes pas;
Quoy que ſollicité, tu ne le deuois pas;

ERGASTE.

Le temps vous rend ſçauant, l'eſpreuue vous fait ſage,
Mais vous eſtiez bien loing de tenir ce langage,
Quand d'vne impatience egale à vos douleurs,
Pendant à mes genoux, les yeux baignez de pleurs
Confus, & deſpourueu de tout autre remede,
Vous reclamiez mes ſoings, ou la mort à voſtre ayde;

LELIE.

I'en conceurois, enfin, des regrets ſuperflus;
Quand l'affaire eſt au poinct de n'en conſulter plus;
Mais ce que tu m'apprends, m'eſt de telle importance,
Qu'il s'agit de ma mort, ou de ton aßiſtance;
De perdre la lumiere, ou conſeruer mes vœux,
A qui ie ſuis lié, d'indiſſolubles nœuds;
Dy donc, que ferons-nous? romps ce faſcheux ſilence.

ERGASTE.

Souuent on détruit tout, par trop de violence.

LELIE.

Differant trop, außi, l'on n'execute rien.

ERGASTE.

Eraſte, à mon aduis, nous y ſeruira bien;
Et ſon affection, ne vous ſera pas vaine;

LELIE.

Je me promets bien moins ſon amour que ſa hayne,
S'il ſçait la dure loy, qu'on me veut impoſer.

ERGASTE.

Mais il eſt bien aiſé de l'en deſabuſer,

Et d'obtenir de luy ce fauorable office,
En faisant qu'il se serue, en vous rendant seruice;

LELIE.

Quoy, que mon cœur repugne aux esclaircissements,
Faisons nous cet effort, tout est donc aux amants;
Ergaste, cherchons le.

ERGASTE, le suiuant.

Quel embarras extréme!
Trauailler pour des fous, est bien l'estre soy mesme!
Il leur faut au besoin, faire tout esperer,
Et perdre tout repos, pour leur en procurer.

SCENE II.

LIDIE, seule.

PAuure Eroxene, Helas! Quelle ame impitoyable,
Ne seroit pas sensible, à ta peine incroyable!
Ie vous cherchois Eraste.

SCENE III.

ERASTE, LYDIE.

ERASTE.

*ET j'estois en soucy,
En quel lieu, ie pourrois te rencontrer aussi;
Toy, qui brillant rayon, du Soleil qui m'éclaire,
Toy, qui de nostre amour, fidelle secretaire;
Toy qui l'appuy;*

LYDIE.

*Tout beau, ie ne me puis flatter,
De vaines qualitez, que vous m'allez oster;*

ERASTE.

Ne m'apportes-tu pas, une heureuse nouuelle?

LYDIE.

*Tres mauuaise, au contraire & pour vous, & pour elle,
Et pour qui, comme moy, prend part en vos ennuys;*

ERASTE.

Quel encor?

LYDIE,

Eroxene.

ERASTE.

Acheue.

LYDIE.

Je ne puis.

ERASTE.

Te taire est vn surcroist, à ma melancholie;
Parle donc; Eroxene!

LYDIE.

Est promise à Lelie;

ERASTE.

Ha! quel coup plus mortel, pouuoy-je receuoir!

LYDIE.

Ce n'est pas tout.

ERASTE.

Quoy donc?

LYDIE.

Ils espousent ce soir;
Ainsi les courts moments, qui restent à vostre ayde,
Vous priuant de conseil, vous priuent de remede.

ERASTE.

O fatale nouuelle, & funeste à mes vœux,
Je n'en redoutois qu'vne, & tu m'en apprens deux.

LYDIE.

LYDIE.

Une troisiesme suit.

ERASTE.

Poursuy donc, & m'acheue;
C'est trop long-temps languir, ie ne veux plus de tréue,
Et de tous ses efforts, ma constance est à bout.

LYDIE.

Pour chercher du remede, il vous faut dire tout;
Son oncle se doutant, de nostre confidence,
M'a fait aujourd'huy mesme, vne expresse deffence,
De plus sortir, vous voir, ny vous parler iamais.

ERASTE.

Que le Ciel, sur mon chef éclatte desormais;
Quelque ardeur & mortel, que son foudre puisse estre,
Un fruit de ma ruine, est qu'il ne peut l'accroistre.

LYDIE.

Puis qu'il vous faut tout dire, & d'vn cœur confident,
Vous auez à combattre, vn quatriesme accident.

ERASTE.

Apres qu'à tant d'ennuis, ma mort est impossible;
Frappe, accable, poursuy, ie ne suis plus sensible;

LYDIE.

Vous auez d'Eroxene, excité le courroux.

ERASTE.

D'Eroxene, Lydie!

LYDIE.

Elle se plaint de vous;

ERASTE, comme s'éuanoüissant.

C'est à ce dernier coup, qu'il faut que ie succombe;
Que le nuage creue, & que le foudre tombe;

LYDIE.

Vous dißimulez bien! le cœur vous reuiendra,
Et ce n'est pas encor le coup qui vous tuera.
A des yeux clair-voyants, la feinte est inutile;
Certains bruits en vn mot s'épandent par la ville,
Et, non sans fondement, & sans quelque raison,
Qui vous rendent suspect.

ERASTE.

De quoy?

LYDIE.

De trahison;
Ou, pour mieux en parler, d'amour pour Aurelie;
Au mépris de la foy, dont le serment vous lie;

Son frere qui vous suit inseparablement ;
Semble estre à ce soupçon, vn juste fondement.

ERASTE.

Iuste Ciel!

LYDIE.

Et l'amour regne, s'il le faut dire,
Dans les yeux d'Aurelie, auecques tant d'empire ;
Qu'outre les cruautez, & les meurtres secrets,
Que ce tyran commet, auecques leurs attraits,
Dans les plus resolus, & plus fermes courages,
L'inconstance peut bien estre vn de ses ouurages,
Et pourroit bien auoir à des charmes si doux,
Acquis l'autorité, qu'vn autre auoit sur vous ;
C'est sur ce fondement.

ERASTE.

Eroxene, Lydie,
A pû me soupçonner de cette perfidie !
Moy, traistre !

LYDIE, le retenant.

Où courrez vous :

ERASTE.

Ne retien point mes pas,
Ie vay la détromper.

LYDIE.

Comment ?

ERASTE.

Par mon trépas;
Mais perdant la clarté, i'emporteray la gloire....

LYDIE.

Le mal n'est pas si grand, que ie vous l'ay fait croire;
Cette peur estoit plus mon soupçon, que le sien;
Ne vous en troublez point, nous l'en guerirons bien.
Le frequent entretien, de vous, & de Lelie,
Me faisoit redouter, le pouuoir d'Aurelie;
Mais ie voy, qu'il n'a point alteré vostre amour;

ERASTE.

Ie t'en eusse éclaircie, en me priuant du iour;
Et ma mort t'eust fait voir, qu'il n'est pas necessaire,
D'estre Amant de la Sœur, pour estre amy du Frere;
Tu sçaurois, si l'amour, auoit pû t'enflâmer,
Quel tort fait vn reproche, à qui sçait bien aymer;
Cruelle, tu sçaurois, si pour causer ma peine,
L'Amour puise des traits, hors des yeux d'Eroxene;
Et si les miens, enfin, conseruant la clarté,
L'vsage leur en plaist, que pour voir sa beauté;

LYDIE,

Au besoin qui la presse, elle implore vostre aide,
Et vous mande le mal, pour chercher le remede;

Vous luy ferez bien mieux paroistre vostre amour,
Détournant cet Hymen, que vous priuant du iour;

ERASTE.

Dy luy, qu'ou de l'esprit, l'adresse sera vaine;

LYDIE.

Et bien?

ERASTE.

Celle du bras, la tirera de peine;
Que ie vais de ce fer, s'il ne me satisfait,
Dans le cœur de Lelie, effacer son pourtrait;
L'arracher de son sein; & de cet infidelle,
Immoler à l'Amour, l'amitié criminelle;

LYDIE, s'en allant.

Ne vous emportez pas, jusqu'à ce dernier poinct,
Les hommes coustent cher, ne les prodiguons point.

SCENE III.

ERASTE, LELIE, ERGASTE.

LELIE.

C'Est luy!

ERASTE.

Quelque apparence, où l'amitié se fonde,
Ne cherchons plus, ny foy, ny vertu dans le monde;

L'amitié, les ferments, & la foy d'aujourd'huy,
Ne seruent qu'à tromper la bonne foy d'autruy;
Mais enfin, ie suiuray l'exemple qu'on me donne,
Et trahy de chacun, n'épargneray personne;

LELIE.

Il discourt en luy-mesme;

ERGASTE.

A l'exemple des fous;
Comme frappé, sans doute, en mesme endroit que vous;

ERASTE.

Si mon bras ne l'immole à ma juste colere,
Ie veux bien, que le Ciel, ne me soit pas prospere;

ERGASTE.

Que ne luy parlez vous?

LELIE.

Eraste, quel soucy,
Vous excite ce trouble, & vous trauaille ainsi?

ERASTE.

Je compatis, Lelie, aux miseres du monde,
Où tout soucy, tout trouble, & tout mal-heur abonde,

Depuis que l'amitié n'y cognoist plus de loy;
Et que la foy n'y sert qu'à seduire la foy,
Mon plus cher confident, trauaille à ma ruine;
Et mon meilleur amy, me trompe & m'assassine.

LELIE.

Ie ne le tiendrois plus, en cette qualité,
Et tel amy ne peut estre assez detesté.

ERASTE.

Je ne le tiens aussi, qu'en qualité de traistre,
Et le deteste autant, qu'il est digne de l'estre.

LELIE.

Sans vous en mettre en peine, apprenez-moy son nom,
Eraste, & laissez-moy, vous en faire raison;

ERASTE.

Il est de vos amis.

LELIE.

Des amis de la sorte,
Pour se deffendre d'eux, la cognoissance importe;

ERASTE.

Quoy qu'infiniment traistre, il ne me peut trahir,
Ny vous, quoy qu'odieux, ne le pouuez haïr;

LELIE.

Vous le nommez?

ERASTE.

Lelie;

LELIE.

Ha! c'est me faire injure;

ERASTE.

C'est vous mesme, cruel, vous qui m'estes parjure,
Vous, que pour mon amy i'ay tort de reputer,
Vous, que par vostre aduis, ie dois tant detester;

LELIE.

I'ay part en vostre peine, & plains le trouble extréme,
Qui si visiblement, vous met hors de vous mesme.

ERASTE, mettant la main sur la garde de l'épée.

Et moy, i'ay grande part, en vostre trahison;
Mais vous m'auez offert, de m'en faire raison;

LELIE.

Dittes-moy donc mon crime, & me tirez de peine;

ERASTE.

Ie vous le dis assez, sans nommer Eroxene;
Et ce secret remords, qui nous sçait tourmenter,
Et punir nos forfaits, sans nous executer;

Témoin,

Tesmoin, iuge, & bourreau de vostre perfidie,
Vous la reproche assez sans que ie vous la die.

LELIE.

Si vostre aueuglement ne me faisoit pitié,
Ou bien si ie pouuois vous manquer d'amitié;
D'vn bras qui rarement attend qu'on le conuie,
Ie vous aurois desia fait passer vostre enuie;
Mais sans auoir donné du penser seulement
A vos jaloux soupçons le moindre fondement.

ERASTE.

Ce n'est rien que ce soir épouser Eroxene.

LELIE.

Je crains plus son amour que ie ne fais sa haine;
Le soir qui sous ses loix rangeroit mon destin,
Seroit suiuy pour moy d'vne nuict sans matin;
Mais il faut pardonner à vostre jalousie,
Et pour vous bien guerir de cette frenaisie,
Vous fiant mon secret, vous apprendre en deux mots
Combien vn tel dessein repugne à mon repos.

ERASTE.

Si chacun s'abusant ie m'abusois moy-mesme,
Je tiendrois cette erreur pour vn bon heur extréme.

LELIE.

Quand de la Reyne, Bonne, & d'effect, & de nom
En Pologne, mon pere eut l'heur d'estre Eschanson;
Assez consideré, par l'honneur de luy plaire,
(Pour vous le faire court) il y manda ma mere;
Et nous voulant à tous, partager son credit,
Souhaitta, que ma sœur, encore, s'y rendit,
(Que ma mere esleuoit, en sa plus tendre enfance,)
Car, pour moy, desia grand, & hors de sa puissance,
J'auois suiuy mon pere, & sorty de son sang
Dedans la Cour, desia, possedois quelque rang;
Elles partirent, donc, & croyant la fortune,
Auoir trop fait pour nous, pour leur estre importune,
L'vne, en queste d'vn pere, & l'autre d'vn mary,
Vinrent, pour nous treuuer, s'embarquer en Bary.
Mais le Pilote, à peine, eut laissé choir les voiles,
Qu'vn vent impetueux, en déchirant les toiles,
Les écarta si loing, que l'on crût leurs vaisseaux,
Le débris d'vn écueil, ou le butin des eaux;
Quinze ans s'estoiẽt coulez, sans qu'aucunes nouuelles
En Pologne, où dans Nole, eussent rien apris d'elles;
Et (comme apres des soings, si longs, & superflus,)
Mon pere, n'en cherchoit, ny n'en esperoit plus;
Depuis deux ans, enfin, il a sceu que ma mere,
Tombee, auec ma sœur, au pouuoir d'vn Corsaire,

Pres d'vne Isle écartee, où le vent les poussa,
Auoit esté venduë, aux Agents d'vn Bassa;
Qu'à l'egard de ma sœur elle en fut separee,
Et suiuit vn marchand, de quelqu'autre contree,
Mon pere, à ce bon-heur, se sentit transporter,
Et ne iugeant que moy, qui les pûst rachepter;
Outre six cens ducats, me feist, pour ce voyage,
Ordonner l'appareil, d'vn honneste Equippage;
Venise, où j'arriuay, pour mon embarquement
Veid finir mon voyage, & naistre mon tourment,
Et l'endroit, où ie creus laisser ma laßitude,
M'excita tant de peine, & tant d'inquietude,
(Mais de peine si chere, & si douce à souffrir)
Que iusques à present, ie n'en ay pû guerir;
A l'heure du soupper, la table fut couuerte
Par des mains, dont amour auoit iuré ma perte;
Les mains d'vne beauté, dont l'abord me rauit,
Et qui m'asseruit plus, qu'elle ne me seruit;
Sophie, estoit le nom de ce charme visible,
Qui surprenant vn cœur, iusqu'alors insensible,
En feist en ce repas, par ses regars vainqueurs;
Vn mets à ce tyran, qui ne vit que de cœurs;
Enfin, blessé d'amour, ie feis leuer la table,
Esperant perdre au lict, ce tourment agreable;
Mais le sommeil, qui lors charmoit tout l'vniuers,
ne pût fermer les yeux, qu'amour auoit ouuerts;

L'exercice du iour, endort l'inquietude;
Mais la nuict elle veille, & nous deuient plus rude;
Le lendemain, Ergaste ignorant mon amour,
Se rendit dans ma chambre, aussi tost que le iour;
Et me dist qu'vn vaisseau, m'attendoit à la rade.

ERASTE.

Vous partistes?

LELIE.

Rien moins; je me feignis malade;
Mais que dis-je feignis? blessé de tant d'appas,
Ie l'estois bien, sans doute, & ne le feignis pas;
L'aymable seruitude, où ma raison s'engage,
M'ayant fait de ma mere, oublier le seruage,
Ie compose auec l'hoste, & dedans sa maison,
Du mal que ie feignois attends la guerison;
Mais le mal que ie feints, n'ayant point besoin d'ayde,
Le vray mal que ie cache, y deuient sans remede;
Je me hazarde, enfin, & force le respect,
Que de l'object aymé, nous imprime l'aspect;
Et mon feu me pressant, ie découure à Sophie,
Et le cœur, & les vœux, que ie luy sacrifie;
Mais en vain mon adresse, auec tout son effort
Tente de son honneur, l'inexpugnable fort;
Et j'apprends, à la fin de mes poursuittes vaines,
Que ie ne puis pretendre, autre fruict de mes peines,

Que la confusion, d'vn friuole sejour,
Où le pudique fruict d'vn legitime amour;
Qu'elle estoit de naissance assez considerable,
Pour aspirer au joug d'vn hymen honorable;
Mais que son mauuais sort, infidelle à son sang,
En l'estat d'vne esclaue, auoit changé son rang;
L'amour, qui me rendoit ma franchise importune,
Feist en moy, ce qu'en elle auoit fait la fortune,
Me meist d'vn estat libre, en vn rang, ou ie serts;
Ie déliuray l'objet, qui me tenoit aux fers;
Je racheptay Sophie, & la prenant pour femme,
En déliurant son corps, m'assujettis son ame;

ERGASTE.

Si de ce long recit, vous n'abregez le cours,
Le iour acheuera, plûtost que ce discours;
Laissez-le moy finir auec vne parole; Il parle à Eraste.
Cinq ou six mois apres, nous nous rendons à Nole;
Où, de Constantinople, on creut nostre retour;
Et là, par mon aduis, & par celuy d'amour,
Nous estant concertez, ie feis croire à son pere
Le rachapt de sa sœur, & la mort de sa mere;
De Sophie, à present, Aurelie est le nom,
Le pere en cette erreur la souffre en sa maison;
Où, d'vne chaste amour satisfaisant la flame,
Elle est fille le iour, & la nuict elle est femme;

Jugez, par ce recit, si vray semblablement,
Vostre jaloux soupçon, a quelque fondement;
Et si quoy qu'on propose, il peut souffrir sans peine,
La proposition, qu'on leur fait d'Eroxene.

ERASTE.

Dieu! iamais Comedie, en sa narration,
N'excita tant de joye, & tant d'attention;
Et l'éclaircissement, qui dissipe ma crainte,
M'interdit toute excuse, & condamne ma plainte;
Mais, de quelle arme, enfin esperez vous parer
L'Hymen.....

LELIE.

Nous vous cherchions, pour en deliberer;
J'ay fait mon personnage, en cette Comedie;
Pour ce qui reste, il faut qu'Ergaste y remedie;

ERGASTE.

J'ay, pendant ce recit, eu le temps d'y réuer;
Voyez si ce moyen, se pourroit approuuer.
Au vieillard Polydore, Anselme offre Sophie
Ou plûtost, pour ses biens, il la luy sacrifie,
Voyant qu'il s'est offert, de la prendre sans dot.

LELIE.

Il est vray.

ERGASTE.

Mon aduis, est qu'Eraste, en vn mot,
Luy faisant la mesme offre, obtienne sa parole,
Et rende du Viellard, l'esperance friuole;
L'honneur qu'il receura d'vn si puissant appuy,
Et le peu de rapport, de Polydore à luy,
Luy feront trop, des deux faire la difference,
Pour deuoir hesiter, en cette preference;
Vous, Lelie, il faudra, que vous feigniez aussi
Qu'Eroxene, causant vostre plus doux soucy,
Vostre plus grand bon-heur est qu'Hymen vous assemble,
Et lors, il est aisé, de vous loger ensemble.
Et que, par cet intrigue, adroictement conduit;

LELIE.

Et bien?

ERGASTE.

La Sœur du iour, soit la femme la nuict;
Tãt que de vos Vieillards, qui n'ont plus guiere à viure,
La mort, qui change tout, de ces soings vous deliure.

ERASTE.

Comment sans espouser, posseder leurs appas,
Ou comment, espousant, ne les posseder pas?

N'est-ce pas te confondre, ou d'vn double adultere,
De ce lien sacré, profaner le mystere?

ERGASTE.

Vn amy trauesty vos parens assemblez,
Vous peut-il pas vnir de ces nœuds simulez?
Puis leur mort arriuant, vn Hymen legitime,
Des faueurs d'Eroxene effacera le crime.

LELIE.

Vn plus rare moyen ne se peut conceuoir,
Et tu me rends la vie en me rendant l'espoir;
Par cet heureux aduis qui nous tire de peine,
Ie conserue Aurelie.

ERASTE.

Et j'espouse Eroxene;

ERGASTE.

Moy, peut estre vn Gibet, si l'art est esuenté;
Mais n'en consultons plus, le sort en est jetté;

LELIE.

Croy qu'il me souuiendra de cet heureux office;

ERASTE.

Croy qu'estre ingrat, außi, ne fut iamais mon vice.

ERGASTE.

ERGASTE.

Ny refuser aussi ne fut iamais le mien;
Tous alors qu'on vous sert, vous en promettez bien;
Mais tousiours pour effets vous baillez des attentes;
Vos assignations ne sont iamais contentes;
De vos profusions on n'est iamais surpris;
N'importe, la vertu de soy-mesme est le prix;
Ie vais treuuer Anselme, & commencer mon roole;
Où si de mes efforts le succez n'est friuole,
Il sera bien adroit, s'il nous peut eschapper;
Et s'il ne court bien fort, ie sçauray l'attrapper.

ACTE II.

SCENE PREMIERE.

LELIE, AVRELIE, ERGASTE.

AVRELIE sur sa porte, voyant reuenir Lelie.

QVi vous a retenus, il estoit temps, Lelie,
De tirer mon esprit de sa melancholie;

D

Et tardant vn moment, la mort l'en eust tiré.

LELIE.

Quel nouueau déplaisir peut l'auoir alteré?

AVRELIE.

Quel plus grand déplaisir faut il que vostre absence,
A qui sans aucuns biens, sans nom, sans connoissance,
Pour support, pour amis, pour parens, pour époux,
Pour tout refuge enfin, ne reconnoist que vous?
Le sort dés le berceau me declarant la guerre,
De libre que i'estois en ma natale terre,
M'en tira, pour m'oster ce precieux tresor,
Et m'arracha du sein qui m'allaictoit encor;
Ie perdis d'vn seul traict que lança la furie,
Ma liberté, mon nom, mes parens, ma patrie;
Et pour toute richesse, il ne m'estoit resté,
Qu'vn cœur libre & constant, que vous m'auez osté;
Quand ie croyois enfin que changeant mon seruage,
Ce cruel ennemy m'eust changé de visage,
Et que le cher present qu'il m'a fait de vos fers,
Dût guerir tous les maux que i'ay iamais souffers;
Ie voy qu'il entreprend ma derniere ruine,
Et veut par le succez des maux qu'il me destine,
M'ostant jusqu'à l'espoir, me dépoüiller d'vn bien,
Qui malgré luy demeure à qui ne reste rien.

LELIE.

Vous sçauez que mes yeux, dépourueus de deffence,
Mirent si tost mon cœur dessous vostre puissance;
Que sans rien meriter par ma captiuité,
Je ne fis qu'obeïr à la necessité;
Par cette conjoncture, il est aisé de croire,
Que l'honneur d'estre à vous, faisant toute ma gloire,
Le malheur de vous perdre, & de ne vous plus voir,
Feroit mon infaillible & dernier desespoir.

AVRELIE.

S'il faut donc par la fuitte éuiter la disgrace
Dont vn pere importun aujourd'huy nous menace;
Proposez moy l'horreur des plus affreux desers,
Des plus sombres forests, des plus penibles mers;
Je vous suiuray sans peine au bord des precipices;
Tous trauaux auec vous me seront des delices.

ERGASTE.

Combattons la fortune auec tout nostre soin;
Mais n'allons point chercher à la vaincre si loin;
Si tost qu'on leue l'anchre, & qu'il faut perdre terre,
Je croy m'estre exposé dans vn vaisseau de verre,
A qui le moindre flot est vn funeste écueil,
Dont le choc va m'ouurir vn liquide cercueil.

LELIE.

Ton interest n'est pas ce qui nous met en peine.

AVRELIE.

Si de nos importuns, l'esperance n'est vaine;
Ce soir, qui de nos vœux nous doit oster le fruit,
Sera suiuy pour nous d'vne eternelle nuit;
En cette extremité, faisons auec courage,
Ce qu'en mesme besoin fait vn qui fait naufrage;
Qui sans perdre courage, est constant jusqu'au bout,
De l'œil & de la main, cherche & s'attache à tout.

LELIE.

Le Ciel nous peut ayder, si l'art nous est friuole;
Mais mon pere reuient; toy commence ton roolle;
Vous Aurelie entrez, ie vous veux conferer,
D'vn aduis, que l'Amour vient de nous suggerer.

SCENE II.

ANSELME, ERGASTE.

ANSELME.

EN quel endroit, Ergaste, as tu laissé Lelie?

ERGASTE.

Dans ſa chambre, pourquoy?

ANSELME.

Seul?

ERGASTE.

Auec Aurelie.

ANSELME.

M'eſtant teu ſi long-temps, ie l'auouë auiourd'huy,
Ie ſuis mal ſatisfait d'Aurelie & de luy;
Il ſemble, (s'il te faut parler d'vne ame ouuerte)
Que rachetant ſa Sœur, il acheta ſa perte;
Et que Conſtantinople, eſt vn ſejour fatal,
Où tout bien ſe corrompt, & degenere en mal;
Si l'étude autresfois l'a mis en quelque eſtime,
Il ſemble n'eſtre plus qu'vn corps que rien n'anime;
Et ſon oyſiueté ſemble le mettre au rang
Des objets dépourueus, & de vie & de ſang.
Il ne ſçauroit treuuer, pour ſon inquietude,
Dans ſa bizearre humeur, aſſez de ſolitude;
Et l'Egliſe autrefois le premier de ſes ſoins,
Eſt auiourd'huy le lieu qu'il frequente le moins.

ERGASTE.

Le prouerbe eſt certain, & l'épreuue conſtante,
Que l'on ſçait qui l'on eſt, en ſçachant qui l'on hante;

Et vous plaindre de luy, n'est que luy reprocher,
Qu'auecques les boiteux on apprend à clocher.
Nous venons de Turquie, & dans cette contrée,
Des plus religieux, l'Eglise est ignorée;
C'est vn climat de maux, dépourueu de tous biens;
(Car les Turcs, comme on sçait, sont fort mauuais Chrestiens)
Les Liures en ce lieu n'entrent point en commerce,
En aucun art illustre, aucun d'eux ne s'exerce,
Et l'on y tient, quiconque est autre qu'ignorant,
Pour Catalamechis, qui sont gens de neant.

ANSELME.

Plus jaloux de sa Sœur, qu'on n'est d'vne Maistresse,
Jamais il ne la quitte, ils se parlent sans cesse;
Me raillent, se font signe, & se mocquants de moy,
Ne s'apperçoiuent pas, que ie m'en apperçoy.

ERGASTE.

Là chacun à gausser librement se dispense,
La raillerie est libre, & n'est point vne offence;
Et, si ie m'en souuiens, on appelle en ces lieux,
Vrcbec, ou gens d'esprit, ceux qui raillent le mieux.

ANSELME.

Ils en vsent pour Nole auec trop de licence;
Et quoy que leur amour ait beaucoup d'innocence,

Ie nè puis approuuer ces baiſers aſsidus ;
D'vne ardeur mutuelle, & donnez & rendus ;
Ces diſcours à l'oreille, & ces tendres careſſes,
Plus dignes paſſe-temps, d'Amants & de Maiſtreſſes,
Qu'ils ne ſont en effet, d'vn Frere & d'vne Sœur.

ERGASTE.

Se peuuent-ils cherir auec trop de douceur ?
Et proches, comme ils ſont, peut-on ſans injuſtice ;
Interdire à leur ſang, de faire ſon office ?

ANSELME.

Ie crains que cet office excede leur deuoir ;
Ie n'en puis mal iuger ; mais il faut tout preuoir.

ERGASTE.

La Loy de Mahomet, par vne charge expreſſe,
Enjoint ces ſentimens d'amour & de tendreſſe,
Que le ſang iuſtifie & ſemble authoriſer ;
Mais le temps les pourra de-Mahometiſer ;
Ils appellent Tubalch, cette ardeur fraternelle,
Ou Boram, qui veut dire, intime & naturelle ;

ANSELME.

S'il m'eſt enfin permis de ne te point mentir,
Et ſi d'vne bonne œuure on ſe peut repentir,

De leurs déportemens, mon ame inquietée,
Conçoit quelque regret de l'auoir rachetée;
Puis qu'en la recouurant, ie perdis mon repos,
Que ce soin importun trauerse à tout propos.

ERGASTE.

L'vsage de Turquie enfin les iustifie;
La Loy Turque;

ANSELME.

Et toy, traistre, auecques ta Turquie,
Auecques ta Loy Turque, auec ton Mahomet,
Tu veux authoriser cet vsage indiscret;
Et sous vn voile Turc, me chargeant d'infamie,
M'affronter à la Turque, & couurir leur folie;
Mais le soin que tu prends de les iustifier,
Me les rends plus suspects, & m'en fait défier;
I'entends si chez les Turcs ils suiuoient leur methode,
Que parmy les Chrestiens ils viuent à leur mode.

ERGASTE.

La fille, ayant atteint l'âge de la raison,
Est vn meuble importun dedans vne maison,
Et dont aux plus soigneux la garde est incertaine;
Vn mariage, enfin, vous tireroit de peine,
Et borneroit vos soins, en terminant ses vœux.

ANSELME

ANSELME.

Tu n'en proposes qu'vn, & i'en ay conclu deux;
Tu connois Eroxene?

ERGASTE.

Oüy, la niepce d'Orgye?

ANSELME.

Elle-mesme; est ce vn choix indigne de Lelie?

ERGASTE.

S'il obtient par vos soins ce fauorable choix,
Vous luy donnez la vie vne seconde fois;
Puis qu'il aime Eroxene, à l'égal de son ame,
Et que son seul respect luy fait cacher sa flâme;

ANSELME.

Ie rends graces au Ciel, qu'vne fois pour son bien,
Son choix tousiours contraire, ait rencontré le mien;
Mais outre cet Hymen, i'ay d'Aurelie encore,
Arresté l'alliance, auecques Polydore;

ERGASTE.

Pour Lelie, Eroxene est tout l'heur qu'il pretend,
Mais pour sa Sœur,

ANSELME.

Et bien?

ERGASTE.

Ne vous hastez pas tant;

ANSELME.

Pourquoy? veux-tu que l'âge au logis la consomme?

ERGASTE.

Ne la mariez point, ou luy donnez vn homme;

ANSELME.

Et qu'est donc Polydore?

ERGASTE.

Il n'est plus, autant vaut;

ANSELME.

Comment, en sa santé sçais tu quelque defaut?

ERGASTE.

Non, mais il est trop jeune, attendez qu'il ait l'âge;
Et puisse satisfaire aux deuoirs du ménage;
O que de ses pareils, le feu doit estre ardent!

ANSELME.

Il n'a pas cinquante ans !

ERGASTE.

Et plus, pas vne dent.
Il n'est dans la Nature, homme qui ne le juge,
Du siecle de Saturne, ou du temps du Déluge;
Des trois pieds dont il marche, il en a deux goutteux,
Et ressemble en marchant, à ces asnes boiteux,
Qui presque à châque pas trébuchent de foiblesse,
Et qu'il faut soûtenir, ou releuer sans cesse.

ANSELME.

Il est riche, & le bien a de puissants appas;

ERGASTE.

Fabrice ment donc bien, car il ne le dit pas;

ANSELME.

Quel Fabrice?

ERGASTE.

Vn valet, qu'il chassa pour vn verre,
Qu'il rainçoit par mal-heur, & qui tomba par terre;

ANSELME.

Et que t'en a-t'il dit?

ERGASTE.

Que bien loin de l'enfler,
Il vuidoit sa finance, à force de souffler;
Et que pensant l'accroistre auec de la fumée,
En fumée, au contraire, il l'auoit consommée;
Qu'au reste, on vit chez luy de mets si delicats;
Qu'on meurt tousiours de faim à la fin du repas;
Baste, encor, pour auoir la fortune contraire,
A bien d'honnestes gens elle n'est pas prospere;
Mais son esprit mordant, enuieux & jaloux,
Ne pardonne à personne, & se prend jusqu'à vous;
Déchiffrant vostre vie auec d'autres critiques,
Par tous les carrefours il en fait des chroniques;
Et ne se plaist à rien, tant qu'à vous éplucher;
Mais en vous disant tout, ie vous pourrois fascher.

ANSELME.

Acheue, ie le veux;

ERGASTE.

I'ay honte de le dire;

ANSELME.

Si ce qu'il dit est faux, ie n'en seray pas pire;

ERGASTE.

Il vous veut imputer certaine infirmité,
Par qui de tous les nez, le vostre est éuité;
Et dit, qu'vn vieil pourit, dont le corps vous demange,
Vous oblige sans cesse à quelque geste étrange;

ANSELME.

Le sot, ment par sa gorge;

ERGASTE.

Et dit le bien sçauoir,
De gens, qui tous les iours ont l'honneur de vous voir;
Mesme de vos amis;

ANSELME.

Il ment par les oreilles;

ERGASTE.

De plus, qu'ayant le nez delicat à merueilles;
Il le sçait par luy mesme;

ANSELME.

Il ment par l'odorat;

ERGASTE.

Et que le vostre estant, & si court & si plat,

Cette incommodité qui vous est naturelle,
Est facile à iuger;

ANSELME.

Il ment par la ceruelle;

ERGASTE.

Quoy qu'il n'ait pas raison; car ie sçay bien qu'il ment;
L'accés qu'il a chez vous, le fait croire aysément;

ANSELME.

Mais comment l'en bannir, ma parole me lie,
Joint qu'il s'offre sans dot d'épouser Aurelie;

ERGASTE.

Espargnez sa vertu, bien plûtost que sa dot;
Car toute femme, enfin, n'en peut faire qu'vn sot;
Et tout pere puissant, qui pouruoit mal sa fille,
Rend pour le moins suspect, l'honneur de sa famille;
Mais Eraste qui l'ayme, & sans comparaison,
Plus sortable de biens, & d'âge, & de maison,
Pressé d'vn feu secret, incessamment aspire,
Sans l'ozer declarer, au joug de son empire,
Vous fera la mesme offre, & la prendra sans dot;
Il s'enhardit hyer de m'en toucher vn mot.

ANSELME.

Eraste!

ERGASTE.

Oüy, fils d'Orchas, grand amy de Lelie;

ANSELME.

Il témoigne sans dot, vouloir bien d'Aurelie!

ERGASTE.

Non sans dot seulement, mais sans habits encor;
Et la croit toute nuë, vn si riche tresor,
Que.......

ANSELME.

Fay le moy parler, & concluons l'affaire;
Pour l'autre, il peut ailleurs se pouruoir d'vn beau pere;
I'ay du respect pour luy, comme il en a pour moy;
En me calomniant, il degage ma foy;
Et recherchant ma fille, il m'a deu mieux connoistre;

ERGASTE.

Vous vous engendriez mal; c'est vn fou;

ANSELME.

C'est vn traistre.

ERGASTE.

Vn fourbe.

ANSELME.

Vn archi-fourbe.

ERGASTE.

Vn calomniateur.

ANSELME.

Vn médisant.

ERGASTE.

Vn lasche.

ANSELME.

Vn gueux.

ERGASTE.

Vn imposteur.

ANSELME.

Vn infame.

ERGASTE.

Vn faquin.

ANSELME.

Vn reste de Galere;
Mais insensiblement tu m'as mis en colere;
Et si dans cette humeur ie l'auois rencontré,
Ie serois homme encor à le voir sur le pré;

ERGASTE.

L'âge vous en dispence; & luy n'est pas si traistre;
Si peut estre il n'y va pour faucher, ou pour paistre.

ANSELME, s'en allant.

Fay moy venir Eraste; adieu.

ERGASTE.

Quel doux ébat!
O la bonne balourde, & le plaisant soldat!

SCENE III.

EROXENE, LIDIE.

EROXENE.

VA rends ce bon office au feu qui me consomme,
Il me promet beaucoup, mais Lydie, il est homme,
C'est à dire d'un sexe, où l'on fait vanité,
D'oubly, de perfidie, & d'infidelité;
Et s'il me fait le tort, dont mon soupçon l'accuse,
Aurelie a des yeux qui portent son excuse.

F

LYDIE.

Je l'iray bien chercher ; mais qu'apprendray-je enfin,
Apres tous les sermens qu'il m'a faits ce matin ;
Quel abord luy feray-je ! & que luy dois-je dire ?

EROXENE.

Confesse luy ma crainte, & dy luy mon martyre ;
Que l'acces qu'vn amy luy donne en sa maison,
Me le rend, en vn mot, suspect de trahison ;
Mais non, ne touche rien de ce jaloux ombrage ;
C'est à sa vanité donner trop d'auantage ; [*Amants,*
Dy luy, que puis qu'il m'ayme, & qu'il sçait qu'aux
Vne heure sans se voir, est vn an de tourments ;
Il m'afflige aujourd'huy d'vne trop longue absence ;
Non, il me voudroit voir auec trop de licence ;
Dy luy que dans le doute on me tient sa santé ;
Mais puis que tu l'as veu, puis je en auoir douté ?
Flattant trop vn Amant, vne Amante inexperte,
Par ses soins superflus en hazarde la perte ;
Va, Lydie ; & dy luy, ce que pour mon repos,
Tu crois de plus seant & de plus à propos ;
Va, rends moy l'esperance, ou fay que i'y renonce ;
Ne dy rien si tu veux, mais i'attends sa réponce.

LYDIE.

Que me répondra-t'il, si ie ne luy dis rien ?

EROXENE.

Le silence par fois est vn docte entretien;
Et le voir de ma part, sans luy pouuoir rien dire,
C'est luy faire sur moy connoistre son empire;
C'est d'vn style eloquent, & digne de ses vœux,
Expliquer mes soupçons, mes soupirs & mes feux;
O sexe malheureux, & chetif, que le nostre;
Où l'amour se treuuant naturel comme à l'autre,
Son pouuoir redoutable, & ses succez douteux,
L'adueu n'en est pas libre, & s'en treuue honteux!
Où l'on permet d'aymer, non d'auoüer qu'on ayme;
Où la pudeur trauaille, autant que l'amour mesme.

LYDIE.

Si vostre oncle arriuant, m'appelloit par hazard.

EROXENE.

Va; toûjours vne Amante a quelque excuse à part;
(Cõme vn vieillard toûjours a l'humeur soupçonneuse)
Tu seras chez l'Orfevre, ou bien sur l'Empezeuse;
Ie sçauray l'abuser; mais presse ton retour,
Si tu me veux encor voir respirer le iour.

SCENE IV.

LYDIE, seule.

INuincible vainqueur des cœurs les plus rebelles,
Amour, que ton pouuoir démonte de ceruelles!
Et que nostre raison suit de pres le repos;
Mais ie ne pouuois pas sortir plus à propos.

SCENE V.

ERASTE, LYDIE.

ERASTE.

LYdie, oblige moy d'asseurer Eroxene.......

LYDIE.

De quoy?

ERASTE.

Que ie trauaille à vous tirer de peine;

Qu'vn prompt euenement luy prouuera ma foy ;
Et que malgré le sort... Mais va, retire-toy. A laissant Anselme qui sort.

LYDIE.

Quel caprice vous fait me chasser de la sorte ?

ERASTE.

Ne t'en informe point ; vn sujet qui m'importe ;
Ne me suy point te dis-je ; adieu.

LYDIE.

De la façon ?

ERASTE, en luy-mesme.

Anselme en auroit pû conceuoir du soupçon.

LYDIE, loin de luy.

O Dieux !

ERASTE.

Abordons-le, commençons nostre roole.

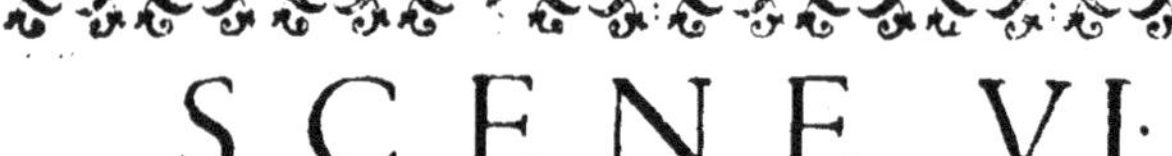

SCENE VI.

ANSELME, ERASTE, LYDIE.

LYDIE.

N'Auoir pû luy tirer, ny dire vne parole!
Me fuyr, me rebutter, & me quitter ainsi!
Ma Maistresse a raison de s'en mettre en soucy.
Anselme vient à luy; Quelque trame se brasse;
Ne nous éloignons point, sçachons ce qui se passe. *Elle se cache das vne porte.*

ANSELME.

Venez, mon cher Eraste, ou plûtost mon cher fils,
(Puis que par vostre amour ce nom vous est acquis;)
Vous auez pû sçauoir, d'Ergaste ou de Lelie,
A quel poinct ie tiens cher le bon-heur d'Aurelie.

ERASTE.

Je croy pareillement, qu'ils vous auront appris,
A quel prix ie tiendray cette faueur sans prix.

ANSELME.

Le témoignage exprés qu'ils viennent de m'en rendre,
Fait que ie vous saluë en qualité de gendre,

Et vous offre chez moy toute l'authorité
Que vous y pouuez prendre en cette qualité.

LYDIE.

Qu'entends-je, ô iuste Ciel!

ANSELME.

Ils vous ont dit encore,
Qu'à quelque si haut poinct que ce bon-heur m'honore,
Ie ne puis autrement encor l'auantager?
Mes biens apres ma mort se pourront partager;
Mais comme i'en ay peu, sa dot sera petite.

ERASTE.

Ne comptez vous pour rien sa grace & son merite?
Ces rares qualitez, ces precieux tresors,
Dont le Ciel enrichit son esprit & son corps?
En soy seule, elle apporte vne richesse extréme,
Et ie ne pretends d'elle autre dot, qu'elle-mesme.

LYDIE.

Et puis asseurons-nous en la foy d'vn Amant;
Mais ie pense veiller, & dors asseurément.

ANSELME.

Ie croy, puis que sans fard il faut ouurir nos ames,
Qu'il ne vous reste rien de vos premieres flâmes;

Qu'Eroxene en vn mot n'a plus l'authorité,
Qu'on m'a dit qu'elle auoit sur vostre liberté;
Quelque nouuelle amour, dont le feu nous consume,
Nostre premier brasier aisément se r'allume,
Pour peu que sous sa cendre il reste de chaleur,
Et ce mal ne produit que hayne & que mal-heur.

ERASTE.

I'ay, pour me diuertir d'vne humeur sotte & vaine,
Pris plaisir, il est vray, d'abuser Eroxene;
Mais, si iamais l'amour n'estoit victorieux,
Par de plus dignes traits, que par ceux de ses yeux,
Ce Monarque absolu sur tout ce qui respire,
N'auroit pas bien auant étendu son empire.

LYDIE.

Et lasches, nous prisons vn bien si peu constant,
Dont la perte & le gain se fait en mesme instant!

ANSELME.

C'est assez, elle est vostre, & d'vn mesme lien,
I'engage sous vos loix, & son cœur & le mien.

ERASTE.

Et par ce cher present, vostre bonté me donne,
Plus que la plus brillante & plus riche couronne.

ANSELME

ANSELME.

Souffrez que i'aille offrir l'hommage que ie doy,
A la Diuinité dont i'adore la Loy;
Et luy sacrifier le beau feu qui me presse.

LYDIE.

Que ne puis-je arracher cette langue traistresse!

ANSELME.

Allons, nous prendrons iour pour la solennité
D'vn joug si precieux à vostre liberté.

SCENE VII.

LYDIE, seule.

O Noire perfidie! ô siecle! ô monde immonde!
Source en crimes, en fraude, en miseres feconde!
Vil Theatre des jeux, & du sort, & du temps;
Qui se peut garantir des lacs que tu nous tends?
Triste objet de pitié, trop fidelle Erixene,
Ou trop simple plustost, trop credule, & trop vaine,

D'auoir crû posseder assez d'authorité,
Pour obliger ce sexe à quelque fermeté;
Vn sexe, qui du nostre incessamment se joue,
Plus changeant que le sort, moins stable que la roue;
Et pour qui toutefois, malgré son changement,
Nostre sexe imbecille a tant d'attachement.
Fay maintenant estat des deuoirs de ces traistres,
Si peu nos seruiteurs, & si long-temps nos maistres;
Et dont, ou l'inconstance, ou la possession,
Du iour au lendemain éteint l'affection;
Si larges en serments, si riches en promesses,
Qui par tant d'artifice excitent nos tendresses;
Qui mourants, languissants, & si pres de leur fin,
Ressuscitent le soir de la mort du matin;
Porter le coup mortel dans le sein d'Eroxene,
Est trauailler, dit il, pour la tirer de peine!
Que feras tu chetifue? & pour tant de douleurs,
Deux yeux te pourront-ils fournir assez de pleurs?
Iamais, iamais du sort les plus sanglants outrages,
N'ont produit de sanglots, de desespoirs, de rages,
De troubles, de transports, ny de forcennements,
Sensibles à l'égal de tes ressentiments!
T'imite qui voudra, ton mal me rendra sage,
J'éuiteray l'écueil, où i'ay veu le naufrage;
Tous les charmes d'Amour auront beau me tenter,
Et qui m'attrappera, s'en pourra bien vanter.

ACTE III.

SCENE SECONDE.

GERONTE, vieillard, HORACE son fils, vestus à la Turque.

GERONTE.

ENfin, apres vn long & penible voyage,
Si souuent menacé des vents & de l'orage,
(Grace à l'heureux Demon qui gouuerne mon sort)
Je reuois mon païs, & me retreuue au port.
En estat de te rendre, ô ma chere patrie,
Quand la Parque voudra disposer de ma vie,
De ces membres vsez, les cendres & les os,
Et remettre en ton sein ces funebres deposts;
Ne vois-je pas Anselme? ô l'heureuse nouuelle!
Dont ie vais réjoüir vn amy si fidelle!

Anselme! mais d'où vient qu'il détourne ses pas! L'allant embrasser.
Quoy, mon plus cher amy ne me reconnoist pas?
Et de Geronte, Anselme a perdu la memoire!

SCENE II.

ANSELME, GERONTE, HORACE.

ANSELME.

Vous Geronte!

GERONTE.

Voyez!

ANSELME.

Hé Dieu, qui l'eust pû croire?
A voir ce corps tremblant, & ce visage usé;
L'vn & l'autre si vieil, si maigre & déguisé!
Qui vous a pû causer ce changement extréme?

GERONTE.

Manger mal, boire pis, souuent coucher de mesme;
Marcher incommodé, sans beste, & sans valet.

ANSELME.

A quoy ces habits Turcs? dancez vous vn balet!
Portez vous vn momon?

GERONTE.

Sans railler, ie vous prie,
J'ay mangé franchement mes habits en Turquie.

ANSELME.

Comment! en ce païs mange t'on les habits?

GERONTE.

Oüy, mais l'on s'y plaist moins à railler ses amis.
Sçachez, qu'où la faim presse, & la bource s'altere,
Il n'est rien de si dur, que le corps ne digere;
Pour vous, plus i'en confere auec mon souuenir,
Plus ie voy que le temps vous a fait rajeunir;
Et cette gayeté d'humeur & de visage,
Cache aux yeux les plus fins la moitié de vostre âge;
Il n'est païs si sain, que son natal sejour.

ANSELME.

Baste, c'est me le rendre; enfin, d'où le retour.

GERONTE, *monstrant Horace.*

De racheter mon fils, rauy par des Corsaires;
Et fait le triste objet de quinze ans de miseres,

Dans la fameuse Ville, où le grand Constantin.
Auoit de l'Orient estably le destin.

ANSELME.

Vos bontez l'ont tiré d'vne longue disgrace.

GERONTE.

Le sang m'y conuioit.

ANSELME.

Vous l'appellez!

GERONTE.

Horace.

ANSELME, l'embrassant.

Le Ciel, mon cher Horace, apres ce long ennuy.....

GERONTE.

Il ne vous entend point, ie vous réponds pour luy;
Car il n'a iamais sceu sa langue naturelle;
Je vous apporte au reste vne bonne nouuelle.

ANSELME.

Quelle? Que le Grand Turc n'arme point cette esté,
Ou veut faire alliance auec la Chrestienté.

GERONTE.

Je dis bonne pour vous; vostre femme Constance,
(Hors le sensible ennuy qu'elle a de vostre absence;)
En assez bon estat, peu deuant mon depart,
Me vit, & me chargea de vous voir de sa part.

ANSELME.

O Dieu! vous deuez donc, (si ce n'est raillerie,)
Venir de l'autre monde, & non pas de Turquie!

GERONTE.

C'est bien vn autre monde, où les Chrestiens aux fers,
Haïs, persecutez, souffrent plus qu'aux enfers.

ANSELME.

Ha, Geronte, raillons, mais non jusqu'à l'injure;
Quel plaisir prenez-vous à r'ouurir ma blessure?
Et me faire mourir par vn second effort,
En me renouuellant la douleur de sa mort?

GERONTE.

O la vaine douleur, & la plainte friuole!
Depuis trois ans, Anselme, est ce vn vsage à Nole,
De regretter la mort de qui se porte bien?

ANSELME.

En est-ce vn chez les Turcs, de ne regretter rien?
Et d'vne extrauagance à mille autre seconde,
Asseurer la santé de qui n'est plus au monde?

GERONTE.

Qui vous a dit sa mort?

ANSELME.

I'en suis trop informé;
Et le temps & l'argent, qu'en vain i'ay consommé,
Pour vn voyage expres d'Ergaste & de Lelie,
Ne m'ont pû par leur soin recouurer qu'Aurelie;
Pour Constance, l'année a fait six fois son cours,
Depuis que le Soleil a veu borner ses iours.

GERONTE.

Quoy qu'en mon Occident i'ay la veuë excellente,
Ie connois trop Constance, & sçay qu'elle est viuante;
Et ie démentirois, sur vn sujet pareil,
Vous, Lelie, Aurelie, Ergaste, & le Soleil;
Pour vostre fille.

ANSELME.

Et bien?

GERONTE

GERONTE.

Sa mere la croit morte.

ANSELME.

Vous me feriez mourir, de parler de la sorte;
Et vous viendriez à bout des esprits les plus forts;
Vous tuez les viuans, & r'animez les morts;
Celle que vous sauuez, est en terre, & pourrie;
Celle que vous tuez, aujourd'huy se marie;
Et ie dois à vous seul adjouster plus de foy,
Qu'à mes gens, qu'à mon fils, qu'à ma fille, & qu'à moy.

GERONTE.

Je n'entreprendray pas d'éclaircir ces mysteres;
Mais souuent les enfans en imposent aux peres;
Et pour tirer l'argent, qu'on leur veut espargner,
Vont quelquesfois bien loin, sans beaucoup s'éloigner.
Constance croit enfin le trespas d'Aurelie,
Et dans Constantinople on n'a point veu Lelie.

ANSELME.

Cette fameuse Ville, est donc en vostre endroit,
Vne seconde Nole, où chacun se connoist.

GERONTE.

Non, ie ne vous dy pas que ces lieux se ressemblent;
Mais dans Saincte Sophie, où les Chrestiẽs s'assemblent

H

Pour l'office Diuin qui s'y fait auec soin,
Chacun fait connoissance, & s'assiste au besoin.
Mais ne m'en croyez pas, croyez-en cette lettre, Foüillant en sa poche.
Qu'à mon soin en partant, elle a voulu commettre;
La doute où sans raison vous semblez insister,
Me faisoit oublier de vous la presenter;
Tenez, en sçaurez-vous connoistre l'écriture?

ANSELME, la baisant.

O joye inesperée! incroyable aduanture!
Pour contester ce gage, il est trop precieux,
Et dementir sa main, est dementir ses yeux. Il lit.
Helas! quels sentimens d'amour & de tendresse!
Que direz-vous, Geronte, excusez ma foiblesse;
Ie ne puis refuser ces baisers, ny ses pleurs,
A ce crayon parlant de ses viues douleurs.
Mais tu te plains à tort de mon ingratitude,
O cher & doux sujet de mon inquietude!
Ce reproche est injuste; & le Ciel m'est témoin,
Si i'ay manqué pour toy, ny d'amour, ny de soin.

GERONTE.

Et bien, vous rendrez-vous, apres ce témoignage?

ANSELME.

I'auois tort, ie me rends, mais auec aduantage;

Et ie gagne en perdant bien plus que ie ne pers,
Si ie puis de Constance vn iour briser les fers;
Mais si ie m'obstinois, trouuez bon qu'Aurelie,
Quant à ce qui la touche, au moins me iustifie.
Descendez Aurelie.

GERONTE.

Oüy, faites-là moy voir;
Outre que mon retour m'oblige à ce deuoir;
Vous pourrez voir encor par nostre conference,
Si ce que i'ay crû d'elle est contre l'apparence,
Et si i'auance rien contre la verité.

ANSELME.

Non, ie ne vous tiens pas en cette qualité;
I'aurois soupçon plutost d'Ergaste ou de Lelie.

SCENE III.

AVRELIE, ANSELME, GERONTE, HORACE.

AVRELIE.

QVe voulez vous, mon pere?

ANSELME.

Approchez, Aurelie:

Cet amy, de Turquie aujourd'huy de retour,
M'apprend que vostre mere y respire le iour.

AVRELIE, bas.

Voicy l'instant fatal d'où dépendoit ma perte;
Nostre art est euenté, la fourbe est descouuerte;
Ie ne sçay qu'auoüer, ny que nier aussi;
Que diray ie? Ha qu'Ergaste au moins n'est il icy?

ANSELME.

Vous ne respondez rien?

AVRELIE.

Helas! ce nom de mere,
Renouuelle en mon cœur vne douleur amere,
Qui me ferme la bouche, & m'etouffe la voix;
Ha! si pour la reuoir seulement vne fois,
Et luy verifier cette fausse nouuelle,
Il ne falloit qu'offrir le sang que ie tiens d'elle!
Auec quel doux plaisir ie quitterois le iour!
Et par vn acte sainct, de deuoir & d'amour,
Soit au fer, soit au feu, soit au poison reduitte,
Mourant, reproduirois celle qui m'a produitte;
Et vous redonnerois, par vn mal heur si doux,
Celle qui souffrit tant pour me donner à vous.
Qui vous a dit encor ces friuoles nouuelles? A Geronte.

GERONTE.

Deux yeux dont ie réponds, & qui me sont fidelles.

AVRELIE.

On respond aisément, où rien n'est à risquer;
Mais vos témoins sont vieux, & prests de vous mãquer.

GERONTE, la regardant attentiuement.

Vous auez bien raison, ne les pouuant seduire,
De les rendre suspects, car ils vous peuuent nuire.

AVRELIE.

C'est qu'ils sont dangereux, & pleins de tant d'attraits,
Que l'on a grand sujet d'en redouter les traits.

GERONTE.

Quand soixante Soleils ont tourné sur nos testes,
Nos yeux n'ont plus dessein de faire des conquestes.
Je sçay bien, que l'Amour veut plus d'égalité;
S'ils vous peuuent blesser, c'est par la verité.

AVRELIE.

Pourquoy? quel interest puis je auoir de la craindre?

GERONTE.

L'interest de tromper, de fourber, de bien feindre.

AVRELIE.

Moy fourber, imposteur!

GERONTE.

Ie n'imposeray rien.
Ne m'auez vous point veu? considerez moy bien?

AVRELIE.

Ce visage vrayment est fort considerable!
O le mauuais bouffon, & le fol desplorable!

GERONTE.

Quand une fourbe esclate, on s'emporte aisément;
Et la confusion oste le iugement;
Mais ie la conuaincray mieux que vous, ma folie;
Ozez-vous, dirtes-moy, passer pour Aurelie?

AVRELIE.

Quoy? vostre sang, mon pere, & vostre affection,
Ne s'offencent ils point de cette question?

GERONTE.

I'ay bien sceu qu'à ce mot ie vous mettrois en peine;
Et ceste question est pour vous une gesne;

Außi par quelle audace vſurpez vous chez luy,
La qualité, le nom, & la place d'autruy?
Vous qui ſimple ſeruante en vne hoſtellerie,
Dans Veniſe.......

AVRELIE.

O mon pere!

GERONTE.

Attendez, ie vous prie;
Sous le nom de Sophie appelliez les paſſants?

AVRELIE.

Doutez-vous maintenant qu'il a perdu le ſens?

ANSELME.

Dieux!

GERONTE.

Et quoy qu'en effet, & ſi ieune & ſi belle,
Nous mettiez le couuert, apportiez la chandelle;
Teniez preſts, & nos lits, & nos habillements;
Il n'en faut point rougir, vous ſçauez ſi ie ments;
Ne connoiſſez-vous pas Tyndare?

AVRELIE.

Quel Tyndare?

GERONTE.

C'est que ie parle Arabe, ou Chinois, ou Tartare?
Ou vous pouuiez seruir dedans vne maison,
Sans en connoistre l'hoste, & sans sçauoir son nom!

AVRELIE.

Vous peut il diuertir par cette extrauagance?

GERONTE.

Vous peut elle furber auec cette arrogance?
Elle qui dans Venise, vn mois entier, & plus,
Affligé que i'estois d'vn bras presque perclus,
M'a seruy chez Tyndare.

ANSELME.

Et s'appelloit?

GERONTE.

Sophie.

ANSELME.

Vous vous estes mépris; son nom est Aurelie;
Mais leur rapport peut-estre a produit cette erreur.

AVRELIE, en colere.

Souffrez.......

ANSELME

ANSELME.

Non, contenez vostre jeune fureur.

AVRELIE.

Puis-je sans m'emporter souffrir cette imposture?

ANSELME.

On peut bien imposer, mais non à la Nature;
Quelque dol specieux, qui la puisse assaillir,
Le sang est trop bon juge, & ne sçauroit faillir.

GERONTE.

Ainsi donc, vous croyez quand on vous dissimule,
Et quand on vous dit vray, vous estes incredule!

ANSELME.

Je croy mon seruiteur, & mon sang, & mon fils.

GERONTE.

Ne me reputez plus du rang de vos amis;
Ou croyez-moy blessé d'vne folie extréme,
Si vous n'estes trompé, d'eux, d'elle, & de vous mesme:
Quelque trame s'ourdit, preuenez en l'effet,
Et craignez...... Voyez-vous quel signe elle me fait?

AVRELIE.

Moy signe, infame, traistre! ha dieu ie desespere,
De deuoir par respect contenir ma colere;
Et n'estre pas d'vn sexe, ou de ta trahison,
Aux despens de mon sang ie pusse auoir raison!
Faut-il qu'vn scelerat impunement m'affronte! Elle r'entre.

ANSELME.

Ne vous emportez point, rentrez; & vous Geronte,
Laissant ce different pour vne autre saison,
Venez vous délasser, & prenez ma maison;
Attendant.......

GERONTE.

Je ne puis, permettez moy de grace,
De voir quelqu'vn des miens.

ANSELME.

Laissez-nous donc Horace;
Tant qu'on soit prest chez vous à vous bien receuoir.

GERONTE.

Ie le veux. Mem. Il parle à Horace.

HORACE.

Bel sem.

GERONTE.

Adieu, jusqu'au reuoir.

SCENE IV.

ANSELME, HORACE.

ANSELME.

O Rencontre à la fois, & propice & fatale!
Quelle confusion à la mienne est égale!
Quand ie croy que Constance a perdu la clarté,
Ie reconnois sa main qui prit ma liberté;
Et si i'ay d'Aurelie obserué le visage,
Il ne rend pas pour elle vn heureux témoignage;
Et dans ses changements a mal dissimulé;
Joint qu'Ergaste est vn fourbe entre tous signalé,
Qui peut pour mon argent m'en auoir fait à croire;
Et qui plus il m'attrappe, & plus il en fait gloire;
En débauche Lelie, & croy bien reüssir;
Mais s'il faut....... Les voicy, ie m'en veux éclaircir.

SCENE V.

LELIE, ERGASTE, ANSELME, HORACE.

ERGASTE, à Lelie.

Ne vous hastez point tant, c'est pour toute la vie;
Et deux nuits vous feront en passer vostre enuie.

ANSELME.

Qu'est-ce?

ERGASTE.

Il vous veut presser, & treuue que ce soir,
Est vn terme trop long pour vn si cher espoir.

ANSELME.

Peu de temps reglera l'amour qui vous transporte.
Mais viença, qui t'a dit que ma féme estoit morte? A Erg.
Quant à Constantinople as tu porté tes pas?
Tu t'accuses perfide en ne répondant pas;
Qui hesite est surpris, & medite vne excuse.

LELIE.

Ergaste, & viste, vn mot, vn détour, vne ruse!

ERGASTE.

Adieu mon perſonnage!

LELIE.

Et toſt!

ERGASTE.

I'ay beau rêuer,
Si vous ne me ſoufflez, ie ne puis l'acheuer.

LELIE.

Dieux! que feray-je? Ergaſte a bout de ſon adreſſe!

ERGASTE.

Source d'infirmitez, déplorable vieilleſſe!
Plus ie veux penetrer tes abyſmes profonds,
Plus ie te conſidere, & plus ie me confonds;
Comme vn logis tombant accable qui l'habite,
Tu fais qu'auec le corps l'eſprit ſe debilite;
Que le temps auec l'âge emporte la raiſon,
Et que l'hoſte renuerſe auec la maiſon.

ANSELME.

Que veux-tu dire enfin?

ERGASTE.

Que vostre défiance,
Fait que vous auez trop & trop peu de creance;
Et que cette foiblesse est vn effet du temps,
Qui pour nostre malheur marque vos derniers ans;
Qui vous fait croire autruy contre nostre parole?
Qui vous a dans l'esprit mis ce soupçon friuole?

ANSELME.

Geronte, vn mien amy.

LELIE.

Ne te relâche pas.

ANSELME.

Qui de Constantinople arriué de ce pas,
Pendant vn tour ou deux qu'il fait pour ses affaires,
M'a laissé ce sien fils racheté des Corsaires,
M'asseure d'auoir veu Constance à son depart;
Et de plus, m'a rendu cet écrit de sa part;
Dit qu'il n'a rien au vray pû sçauoir d'Aurelie;
Mais qu'elle la croit morte.

LELIE.

O fortune ennemie!

Qui jusques en Turquie as esté susciter
Des moyens & des gens pour nous persecuter!

ANSELME.

Et soustient qu'à Venise, en vne hostellerie,

LELIE.

Dieux!

ANSELME.

Il a veu seruir sous le nom de Sophie,
Celle qui d'Aurelie vsurpe icy le nom.

ERGASTE.

Il vous en a bien dit! i'ay tort, s'il a raison;
Mais il est bien-aisé de vous faire paroistre,
Que les fourbes sont ceux qui m'accusent de l'estre;
Et ie veux que son fils vous demeure d'accord.

ANSELME.

De quoy?

ERGASTE.

Que i'ay raison, & que Geronte à tort.
Viença, ne nous ments point, sur quelle conjecture A Her.
Ton pere auance-t'il cette noire imposture?
Voyez-vous qu'il se trouble, & dit en se taisant,
Que son pere est vn traistre, vn fourbe, vn médisant.

ANSELME.

Il n'entend pas la langue, & ne te peut répondre.

ERGASTE.

Et bien luy parlant Turc, ie sçay bien le confondre;
Cabrisciam ogni Boraf, embusaim, Constantinopola?

LELIE.

O rare, ô braue Ergaste!

HORACE.

Ben Belmen, ne sensulez.

ANSELME.

Et bien que veut-il dire?

ERGASTE.

Qu'en vous en imposant, son pere a voulu rire;
Qu'il est d'humeur railleuse, & n'a iamais esté
En Turquie.

ANSELME.

En quel lieu l'a-t'il donc racheté?

ERGASTE, à Horace.

Carigar camboco, ma io ossansando?

HORACE

HORACE.

Benſem, Belmen.

ERGASTE.

A Lipſe en Negrepont.

ANSELME.

O teſte vieille & folle!
Sçachez par quel chemin ils ſont venus à Nole.

ERGASTE.

Oſſaſando, nequei, nequet, poter leuer coſir Nola?

HORACE.

Sachina, Baſumbaſce, agrir ſe.

ERGASTE.

Il dit qu'on vient par mer, ſans paſſer par Venise.

ANSELME.

La froide raillerie, & la franche ſottiſe!
De venir de ſi loin, & ſi mal à propos,
Rire aux dépends des morts, & troubler leur repos!
Quel ſiecle! quelles mœurs, & quelle freneſie!

K

ERGASTE.

Il faudroit faire vn monde à voſtre fantaiſie!
N'eſt ce pas de tout temps, & non pas d'aujourd'huy,
Que touſiours quelque fou rit aux dépends d'autruy?
Au reſte, en Negrepont, c'eſt vn art ordinaire,
D'imiter l'écriture, & de la contrefaire;
Et s'en eſtant inſtruits, ils peuuent ayſément,
Ou pour en éprouuer le diuertiſſement,
Ou pour tirer de vous quelque reconnoiſſance,
Auoir falſifié la lettre de Conſtance.

ANSELME.

I'ay crû qu'il auoit beu; ſes yeux étincellants,
Sa face enluminée, & ſes pas chancelants,
Sembloient tacitement en rendre témoignage;
Le feu ſembloit ſur tout luy ſortir du viſage;
Et le vin qu'il ſouffloit m'a porté juſqu'au nez.

ERGASTE, à Horace.

Je le ſçauray bien-toſt. Viença.
Siati cacus naincon catalai mulai?

HORACE.

Vare hecc.

ERGASTE.

Vous deuinez.

Il dit qu'ils ſont entrez dans vne hoſtellerie,
Où trinquant à l'honneur de leur chere patrie,
Et d'vn peu de bon temps, regalant leurs eſprits,
Son pere en a tant pris, qu'il s'en eſt treuué pris:
Qu'il n'en a pû ſortir ſans vne peine extréme,
Et ne pouuoit porter, ny ſon vin, ny ſoy-meſme.

ANSELME.

T'en a-t'il pû tant dire en ſi peu de propos?

ERGASTE.

Oüy, le langage Turc dit beaucoup en deux mots.

LELIE.

O tres-illuſtre Ergaſte! eſprit inimitable!
Sans toy noſtre ruine eſtoit inéuitable.

ANSELME.

Il vouloit rire enfin, & i'attends ſon retour,
Pour luy rendre la piece, & pour rire à mon tour.
Ameine Eraſte icy: va toſt. Et vous Lelie,
Allez voir Eroxene, & diſpoſez Orgye,
A conſentir ce ſoir le ſuccez de vos vœux.

ERGASTE, s'en allant.

La defaite eſt plaiſante! & la duppe en vaut deux!

SCENE V.

GERONTE, ANSELME, HORACE.

ANSELME.

Le voila.

GERONTE.

Grace au Ciel, à mes souhaits prospere,
Ayant passé chez moy, i'ay rencontré mon frere,
Qui me sollicitant d'accepter son logis,
M'oblige à reuenir, pour reprendre mon fils;
I'en vsois librement; excusez ie vous prie.

ANSELME.

Geronte, vn mot de grace, apprend-on en Turquie,
Ou dans le cabaret, à joüer ses amis?

GERONTE.

En l'vn ny l'autre lieu, ie ne l'ay point appris;
Ce n'est point mon humeur.

ANSELME.

Non; ma fille seruante,
Vn voyage en Turquie, & ma femme viuante.

Tout ce conte à plaisir est vne verité!

GERONTE.

Je ne fais point de conte, & n'ay rien inuenté.

ANSELME.

Vous auez, dittes vous, veu Constance en Turquie?
Vous ozez soustenir, qu'Aurelie est Sophie!
Vous parlez de Venise! & vous auez le front,
N'ayant qu'esté par mer de Nole en Negrepont,
De dire.......

GERONTE.

En Negrepont! ô Dieu, la vaine fable!

ANSELME.

Vostre fils, qui l'a dit, n'est donc pas veritable?

GERONTE.

Quoy, sans sçauoir la langue, il peut vous l'auoir dit?

ANSELME.

Jl nous a parlé Turc, que mon valet apprit,
Sejournant sur les lieux pour racheter ma femme.

GERONTE, à Horace.

Soler?

HORACE.

Man.

ANSELME.

Et bien plus, (chose à vostre âge infame,)
Que vous auez tantost treuué le vin si bon,
Que vous n'en auez pas oublié la raison;
Mais en la faisant trop, l'auez bien égarée;
Vos discours m'en estoient vne marque asseurée.

GERONTE, à Horace.

Dieu! qu'entends-je?
Ierusalas, adhuc moluc acoceras maristo, viscelei,
Huui hauete caibulach.

HORACE.

Eracercheter biradam suledi, benbelmen, ne sulodij.

GERONTE, à Anselme.

Croyez que vostre seruiteur
Doit estre vn maistre fourbe, vn insigne affronteur!

ANSELME.

Que vous dit-il encor?

GERONTE.

Qu'il n'a pû rien comprendre,
A ce qu'vn de vos gens luy vouloit faire entendre.

ANSELME.

M'auroit-il attrappé, le traict seroit subtil!
Mais s'il ne l'entendoit, que luy répondoit-il?

GERONTE, à Horace.

Acciam sembiliir bel mes, mic sulmes?

HORACE.

Acciam bien croch soler, senbelmen, sen croch soler.

GERONTE.

Qu'il ne l'entendoit point, & croy que son langage
N'estoit qu'vn faux jargon qui n'est point en vsage.
Croyez encor vn coup qu'il est vn faux vaut rien,
Vn fourbe, vn archi-fourbe, & gardez-vous en bien:
Ie vous suis inutile, & vais treuuer mon frere.
Adieu.

ANSELME.

Iusqu'au reuoir, le Ciel vous soit prospere.

GERONTE à Horace, s'en allant.

Ghidelum anglan Cic!

HORACE, le suiuant.

Ghidelum Baba!

SCENE VI.

ANSELME, seul.

DE leurs filets, enfin, ie n'ay pû m'affranchir,
La prudence n'est pas ce qui me fait blanchir;
Auec mes cheueux gris, auecques ma vieillesse,
Ie treuue que ie perds & finance & finesse;
Et duppé que ie suis, interdit, & confus,
Perdant encor le sens, ne perdrois gueres plus;
Ils m'ont tous affronté, chacun d'eux y conspire;
Mais si ie ne m'en vange, ils auront lieu d'en rire;
Et sur tout, on verra rougir de mon affront,
Les espaules d'Ergaste, aussi bien que mon front.

ACTE IV.

ACTE IV.

SCENE PREMIERE.

LELIE, ERGASTE.

ERGASTE.

GRace au Ciel, la tempeste enfin s'est appaisée;
Ce vent impetueux s'est reduit en rosee;
Et i'ay de vostre sort, auec art redressé,
L'edifice penchant, & presque renuersé.

LELIE.

Ce malheureux vieillard, sans dessein de nous nuire,
Et d'vne ame ingenuë, a pensé tout détruire;
Mais ton langage Turc en a paré le coup.

ERGASTE.

Vne fourbe à propos quelquesfois vaut beaucoup.

Ie ne ſçay quel genie, en ce beſoin extréme,
Me dictoit vn jargon que i'ignore moy méme;
Mais ie ſuis aſſeuré que ie ne luy parlois,
Perſan, Turc, Eſclauon, Arabe, ny Chinois;
Et que s'il m'eut enquis du chemin de Turquie,
I'euſſe eſté bien meſlé dans ma Geographie;
J'euſſe bien veu du monde, & ſans ſçauoir par où,
Arpenté le Jappon, l'Egypte, & le Perou.
Enfin. Mais qu'eſt-cecy? cette femme à ſa mine,
Doit de Turquie encor eſtre vne pellerine;
Ie croy que le graud Turc, né pour nous tourmenter,
Les enuoye à deſſein pour nous perſecuter.

SCENE II.

CONSTANCE, LELIE, ERGASTE.

CONSTANCE, veſtuë à la Turque.

OBligez-moy, Meßieurs, de me tirer de peine;
Anſelme eſt-il viuant?

ERGASTE.

Ma doute n'eſt point vaine;

Les Turcs sont aujourd'huy déchainez contre nous.

LELIE.

Il se porte fort bien, que luy desirez-vous?

CONSTANCE.

Et Lelie, vn sien fils?

LELIE.

Mieux encor que son pere.

CONSTANCE.

Qu'auec juste raison, ô Ciel ie te reuere!
Et que ie suis tenuë à ta rare bonté!

LELIE.

Quel sort vous interesse encor en leur santé?

CONSTANCE.

Helas! i'ay grand sujet d'en paroistre rauie!

ERGASTE.

Ne voila pas encor des traits de la Turquie!
Ce mal-heureux païs, si fatal aux Chrestiens,
Si fertile en tous maux, si sterile en tous biens!

Quel bonne office enfin ont-ils lieu de vous rendre ?
Et quel est vostre nom, ne pouuons-nous l'apprendre ?

CONSTANCE.

Ma venuë à tous deux importe au dernier poinct :
Mais c'est vn interest, qui ne vous touche point.

LELIE.

Plus que vous ne pensez, puis que ie suis Lelie.

CONSTANCE, l'embrassant.

Lelie ! à qui le sang d'vn si cher nœud me lie !
L'heureux fruict de mes vœux, de mon lit, de mon flanc !
Lelie, enfin ! mon fils, & le sang de mon sang !

ERGASTE.

Voicy le coup fatal qui nous met hors d'escrime !
Et nous voila tombez d'vn gouffre, en vn abysme !

LELIE.

Quoy vous estes ma mere ! ô dure loy du sort !
Qui mesles l'amertume à cet heureux transport :
Ce dont l'ordre fatal veut que dans la Nature,
On ne gouste iamais de douceur toute pure :
En recouurant vn bien, qui m'est si precieux,
Je perds le plus grand bien que ie tenois des Cieux ;

Pour voir ma mere, helas! i'eusse exposé ma vie,
Et voudrois, la voyant, qu'elle me fut rauie;
Ce m'est vn desespoir sensible au mesme poinct,
Que l'ennuy de la voir, & de ne la voir point.
Quoy, vous estes Constance?

CONSTANCE.

Oüy, cette infortunée,
Qui croyoit aujourd'huy sa misere bornée;
Et qui par la froideur dont vous la receuez,
Voit ses malheurs changez, & non pas acheuez.
Quel temps, injuste sort, terminera ta rage!
S'il ne luy suffit pas de seize ans de seruage!
S'il faut qu'apres des fers, portez si constamment,
La liberté pour moy soit encor vn tourment!
Ne puis-je apprendre au moins l'ennuy qui vous possede,
Afin que le causant, i'en cherche le remede?
Le mal me sera doux, d'où naistra vostre bien,
Et pour vostre repos, i'altereray le mien!

LELIE.

Ie ne puis declarer mon ennuy sans l'accroistre,
Et mon seul desespoir vous le fera connoistre;
Entrez, ma chere mere, il est plus qu'à propos
Qu'à seize ans de trauail succede le repos;

Mais vous en souhaittant, moy-mesme ie m'en priue;
Vous me mettez aux fers, cessant d'estre captiue;
Vous reuenez à Nole, & vous m'en bannissez;
Entrant en la maison, enfin vous m'en chassez.

CONSTANCE.

Croyez, qu'il n'est pour moy seruage si sensible,
Que celuy que i'aurois de vous estre nuisible;
Ie puis encor souffrir les maux que i'ay souffers,
Et retreuuer les lieux où i'ay laissé mes fers.

LELIE.

En vous le declarant, ie perdrois vostre estime,
Et coupable enuers vous, n'ose auoüer mon crime.

CONSTANCE.

Les fautes des enfans blessent legerement;
Vne larme, vn soûpir, les efface aisement.

LELIE.

Si, loin de m'en haïr, & de m'estre contraire,
Ie pouuois esperer vostre aide enuers mon pere,
Ie vous auoüerois tout; mais helas!

CONSTANCE.

Point de mais;
Rien ne peut alterer ce que ie vous promets;

Ie ne reserue rien, & ie seray rauie,
De vous pouuoir seruir aux dépens de ma vie.

LELIE.

O rare excez d'amour, & qui ne m'est point dû
Je vous parleray bas, de peur d'estre entendu. Il luy parle à l'oreille.

ERGASTE.

Plus ie rumine enfin contre cette disgrace,
Plus ma foible raison s'égare & s'embarasse;
J'en examine tout, & par tout ie n'y voy,
Que du mal pour Lelie, & du peril pour moy;
Rien ne peut garantir mes mains ou mes espaules,
Du malheur de la rame, ou de celuy des gaules;
Apres tant d'accidents suruenus pour vn iour,
Ie renonce au mestier de conseiller d'amour;
Et ne me puis assez promettre d'industrie,
Pour parer tous les coups qui viennent de Turquie;
Tousiours au pis aller, quelques coups de baston,
Ou quelque an de galere, en feront la raison.

CONSTANCE.

Dieux! & c'est là d'où naist vostre melancolie!
Si ie dis qu'en effet Sophie est Aurelie,
Serez vous satisfait?

LELIE.

Vous me rendrez le iour,
Que sans cette faueur m'ostoit vostre retour.

CONSTANCE.

Vostre Hymen l'admettant dedans nostre famille,
Dés à present, mon fils, ie la tiens pour ma fille;
Helas! ignorez-vous les tendres sentimens,
Des meres pour leurs fils, & pour leurs fils amans:
Et leurs soins aßidus pour eux enuers leurs peres?

ERGASTE.

O la diuine femme! ô rare honneur des meres!
Il est donc à propos de la voir du mesme œil,
Et de la receuoir, auec le mesme accueil,
Qu'on pourroit esperer pour vostre fille mesme.

CONSTANCE.

Mon esprit n'est ny grand, ny mon adresse extréme;
Mais outre que mon sexe, à franchement parler,
Est plus sçauant que l'autre, à bien dißimuler;
Pour seruir à son sang, il n'est point d'auanture,
Où l'art puisse employer tant d'art que la Nature.
Entrons, & vous verrez que pour vostre repos,
Ie sçauray faire, dire, & me taire à propos.

ERGASTE

ERGASTE.

Pour ne rien hazarder, n'entrez point; que Sophie,
Par mes instructions amplement aduertie,
Ne se soit preparée à feindre auecques vous;
Ie feray cependant descendre vostre espoux.

LELIE.

Fay donc.

SCENE III.

LELIE, CONSTANCE.

LELIE.

C'Est à present que le sang me conuie,
O flambeau de mes jours, & source de ma vie,
A m'abandonner tout à l'aymable transport,
Que l'amour ne m'a pû permettre à vostre abord:
Et certes ie puis dire, apres cette auanture,
Que ie suis moins à vous par les droicts de Nature,
Que par l'étroit lien, & l'obligation,
Que produit cet excez de vostre affection;

Qu'en me donnant la vie, & le jour qui m'éclaire,
Vous vous acquistes moins le titre de ma mere,
Qu'en me les conseruant, & qu'en m'ostant l'ennuy,
Qui (sans vostre faueur) m'en priuoit aujourd'huy.

CONSTANCE.

Cette faueur, mon fils, est peu considerable,
Puis que vous obliger, est m'estre fauorable.

SCENE IV.

ANSELME, CONSTANCE, LELIE.

ANSELME, embrassant Constance.

CHer tresor de mon cœur, tant de fois desiré,
Chaste moitié d'vn tout, si long temps separé;
Constance, aimable objet de ma constance extréme,
Est ce vous, ma chere ame? ou bien suis je moy méme?
Oüy, c'est vous, oüy, mon cœur recõnoist son vainqueur,
Au cher pourtraict qu'Amour m'en graue dans le cœur.

CONSTANCE.

O Dieu! quel intereſt on tire de ſa perte,
Apres l'auoir pleurée, & qu'on l'a recouuerte!
Le bien de vous reuoir a pour moy des appas,
Que ie crains de ſonger, & ne poſſeder pas.

ANSELME.

Mõ trãſport par mes pleurs vous témoigne les charmes.

CONSTANCE.

Et par mes pleurs auſſi ie réponds à vos larmes.

ANSELME.

Deſerts touſiours de glace, & de neige couuerts,
Froids & triſtes joüets des rigueurs des hyuers,
Pologne, où ie viuois ſeparé de mon ame,
Helas! que ton ſejour fut fatal à ma flâme!
Qu'à tort ie voulus voir cet objet de mes vœux,
Sous les mornes climats de ton ſein froidureux!
Et que l'effet trop prompt de voſtre obeïſſance,
M'a couſté de ſanglots, ô ma chere Conſtance!
Depuis que les rapports d'Ergaſte, & de mon fils,
(Pour voſtre liberté, par mon ordre commis,)
M'apprirent, (contre l'heur que le Ciel me r'enuoye,)
La fin de voſtre vie, & celle de ma joye.

CONSTANCE.

Ils pûrent en Turquie apprendre mon trépas,
Et trompez les premiers, ne vous abusoient pas;
Puis que le sort, qui mist ma franchise en commerce,
Voulut qu'assez long-temps ie fusse esclaue en Perse,
D'où le bruit de ma mort chez les Turcs s'épandit,
Tant que ce mesme sort de nouueau m'y rendit.

LELIE.

La verité, mon pere, enfin nous iustifie.

ANSELME.

Elle est trop manifeste, appellez Aurelie; Lelie sort.
Il est juste qu'ayant partagé nostre ennuy,
Elle ait part au bon-heur qui le suit aujourd'huy.

CONSTANCE.

Aurelie en ces lieux! ô bonté souueraine!
Que du sort ton amour me repare la haine!

ANSELME.

Quelle heureuse aduanture a pû rendre à mes yeux,
Apres seize ans d'absence, vn bien si precieux?

CONSTANCE.

De mes longues erreurs, la déplorable histoire,
Veut, & beaucoup de temps, & beaucoup de memoire;

Je ne puis à present que vous dire en deux mots,
Que le Ciel, dont vos soins veilloient pour mon repos,
A voulu que Selim, à qui ie fus venduë,
En faueur d'vne charge ardemment pretenduë,
De Maistre du Serail, ou Bostamgirassy,
(Où ses pretentions ont enfin reüssy,)
A tous ses serfs Chrestiens ait donné la franchise.

ANSELME.

A quel poinct, juste Ciel! ton soin nous fauorise!
Approchez vous, ma fille; ô comme à cet abord,
Le sang fait son office en ce commun transport!
Quel heur passe aujourd'huy celuy de ma famille!

Aurelie entre auec Ergaste & Lelie. Elles s'ẽbrassent.

SCENE V.

AVRELIE, ANSELME, CONSTANCE, LELIE, ERGASTE.

AVRELIE.

QVoy, ma mere, c'est vous?

CONSTANCE.

C'est vous, ma chere fille?

Quoy, l'œil qui tant de fois pleura vostre trépas,
Vous retreuue aujourd'huy plaine de tant d'appas!
Et ce beau corps enferme encor cette belle ame!

LELIE.

Elle feint bien, Ergaste!

ERGASTE.

O Dieu, l'habille femme!

AVRELIE.

Ha! qu'il est vray qu'vn bien ardemment desiré,
Nous est d'autant plus cher, qu'il est moins esperé!
Quel doux plaisir succede à ma melancholie?
I'ignore à ce transport si ie suis Aurelie!

CONSTANCE.

Je n'ay treuué mes maux, ny mes fers importuns,
Tant qu'auec vous, ma fille, ils m'ont esté communs;
Mais vostre éloignement me fit sentir mes peines,
Et connoistre à mes bras le fardeau de mes chaines!

ERGASTE, à Lelie.

Peut-elle auec tant d'art laisser aucuns soupçons;
Ie n'en faits point le fin, i'en prendrois des leçons.

CONSTANCE.

Quelle aduenture enfin à mes vœux si prospere,
Quand ie vous croy si loin, vous rend chez vostre pere.

ANSELME.

Pour de si longs trauaux, il faut de long discours;
Et pour vous tout conter, des jours seroient trop courts.
Entrons, ma chere femme; amenez la Lelie,
Pour presser le disner, i'entre auec Aurelie.

SCENE VI.

ERGASTE, CONSTANCE, LELIE.

ERGASTE.

IE croyois sçauoir feindre, & m'en escrimer bien;
Mais i'auoüe aujourd'huy que ie n'y connois rien;
Et qu'il faut que mon art le cede à vostre adresse;
Madame, les effets ont passé la promesse;
Et voyant vos transports, moy-mesme i'ay douté,
Si vostre feinte estoit, ou feinte, ou verité.

LELIE.

A voir de quel abord vous l'auez accueillie,
Le plus judicieux, eut crû voir Aurelie!

CONSTANCE.

Il en eut eu raison, puis qu'elle est vostre sœur;
Et que ces sentimens d'amour & de douceur,
Ne partent point, mon fils, d'vn cœur qui dißimule.

LELIE.

O Dieu, que dittes-vous?

ERGASTE.

Estes-vous si credule?
Et ne voyez vous pas, que pour nous signaler,
Et sa rare industrie, & l'art de l'étaler?
Elle voudroit encor, par cette adresse extréme,
Vous tenir en suspends, & vous tromper vous-méme!
Comme on voit au Theatre vn excellent Acteur,
Rendre vn ouurage feint, douteur à son Autheur.

CONSTANCE.

Ie voudrois vous mentir, mais ie ne le puis faire.

LELIE.

Quoy, Sophie est ma sœur.

CONSTANCE.

Comme moy vostre mere.
Le flanc qui vous porta fut son premier sejour,
Comme il vous mit au monde, il luy donna le iour.

LELIE.

O déplorable effet de ma triste fortune,
Qui ne sçait m'obliger, que pour m'estre importune!
Qui ne me peut souffrir de biens qu'infortunez,
Dont les plus chers presens me sont empoisonnez!
Qui sous couleur d'Hymen, me rend par vn inceste,
Le succés de mes vœux, detestable & funeste!
Estrange euenement d'vn bon-heur si parfait!
Quel supplice assez grand expiera mon forfait?
Quoy, ie puis estre, (ô tache à vostre sang infame,)
Et mary de ma sœur, & frere de ma femme!
Pere de mes neueux, oncle de mes enfans?
Et vostre gendre enfin est sorty de vos flancs?

CONSTANCE.

Ayant crû contracter vn Hymen legitime,
Vous n'auez point peché, l'erreur n'est pas vn crime,
Et n'a point fait d'outrage à ses chastes appas,
Pourueu qu'à l'aduenir vous n'en abusiez pas.

LELIE.

Incroyables plaisirs, felicité passée;
Ne conseruer de vous que la seule pensée!
Te bannir de mon ame, ô chere passion!
Renoncer au bonheur de ta possession!
Te perdre! te quitter! ô ma chere Aurelie!
Ha, perdons, renonçons, quittons plûtost la vie!

CONSTANCE.

Nole vous peut fournir assez d'autres beautez,
Pour changer vos liens, si vous ne les quittez.

LELIE.

L'Amour ne peut changer le beau nœud qui me lie,
Sans changer Aurelie, en vne autre Aurelie;
Ie doute quel des deux est moins m'assassiner,
Ou de la retenir, ou de l'abandonner;
Et ce m'est vne peine également cruelle,
Que de viure auec elle, & de viure sans elle;
O que l'esprit humain discourt ignoramment,
Lors que son seul instinct conduit son iugement!
Mon cœur surpris d'abord, & ma raison esmeuë,
Ne pûrent discerner à sa premiere veuë,
Les mouuemens du sang d'auecques ceux d'amour,
Et cet aueuglement me coustera le jour;

Ie ne puis accorder mon ſang auec ma flâme;
Ie recouure vne ſœur, & ie perds vne femme;
Et toy diuine ſœur, par cet euenement,
Tu recouures vn frere, & tu perds vn amant.
Mon ſang à mon amour fait vn juste reproche,
Si ie te l'eſtois moins, ie te ſerois plus proche;
Tu m'es trop, & trop peu, mon mal naiſt de mon bien,
Et tu m'es tant, enfin, que tu ne m'es plus rien;
Quel conſeil dois-je ſuiure, en ce deſordre extréme?
De vous quitter, ma mere, & me quitter moy méme,
Puis que me ſeparer d'vn bien qui m'eſt ſi cher,
Eſt à moy-méme, helas! moy méme m'arracher.
Souffrez moy ſans regret hors de voſtre famille,
En vous oſtant vn fils, ie vous rends vne fille,
Et par la triſte loy qui condamne mes feux,
Vous ne pouuez ſans crime y ſouffrir qu'vn des deux.

CONSTANCE.

O ſort, pourquoy m'as tu ſous eſpoir d'allegreſſe,
Fait remplir ma raiſon d'opprobre & de triſteſſe!
Rends moy plûtoſt, cruel, les maux que i'ay ſouffers,
O funeste franchiſe, & regrettables fers!

ERGASTE.

Madame, entrez, de grace, & craignons que ſon pere,
N'apprenne vn accident à ſes vœux ſi contraire;
Je ſçauray l'arreſter. Elle entre.

SCENE VII.

LELIE, ERGASTE.

LELIE.

ADieu, toy, dont le ſoin,
M'a ſi ſouuent eſté ſi propice au beſoin;
Le ſort à mes malheurs adjouſte l'impuiſſance,
D'en produire les fruits par ma reconnoiſſance;
Mais, ſi le ſouuenir joint à l'affection,
Acquitte en quelque ſorte vne obligation;
Croy que tu ne me peux blaſmer d'ingratitude;
Et que ſi le deſtin ne m'eut eſté ſi rude.

ERGASTE.

Helas! n'acheuez point, de quels traits de douleur,
De crainte & de pitié vous me percez le cœur!
Si mon affection, & mon obeïſſance,
Meritent quelque eſtime, ou quelque recompenſe;
Celle que ie demande, eſt de mieux conſulter
Ce que le deſeſpoir vous fait precipiter:

Prenons l'aduis d'Eraste; en vn malheur extréme,
On est mal conseillé, ne croyant que soy-mesme;
C'est vn mal dangereux, qu'vn trop prompt desespoir,
Et pire que celuy qui le fait conceuoir.

LELIE.

Quoy que le voir nous soit vne inutile peine,
Je te veux contenter.

SCENE VIII.

ERASTE, EROXENE.

ERASTE, venant du costé, & Eroxene de l'autre.

LE Ciel, belle Eroxene,
Vous comble d'autant d'heur & de prosperité,
Que sur vostre visage il a mis de beauté.

EROXENE.

Le mesme Ciel, perfide, ou te comble, ou t'accable,
De tous les chastimens dont vn traistre est capable.

ERASTE.

De quelle injure, helas! payez vous mes souhaits?

EROXENE, s'en allant.

Retire-toy, perfide, & ne me voy jamais.

SCENE IX.

ERASTE, seul.

Qvel courroux, juste Ciel! quelle fureur l'enflâme?
Quel tygre est si cruel, que la plus belle femme?
Quand de quelque façon, ou de quelque dépit,
Ou l'amour, ou la haine, alterent son esprit?
Quelqu'vn m'auroit-il pû desseruir auprés d'elle?
Et luy rendre suspecte, vne ardeur si fidelle?
Ce sexe est plus que l'air, & leger & mouuant,
Et qui conçoit de l'air, ne produit que du vent.

SCENE X.

LYDIE, ERASTE.

LYDIE.

Le voila, l'affronteur!

ERASTE, receuant Lydie.

Lydie, vn mot, de grâce,

LYDIE.

Ha, ne m'arrestez point, traistre, auez-vous l'audace
De paroistre à mes yeux?

ERASTE.

Parles-tu tout de bon?

LYDIE.

Perfide, en doutez-vous, n'en ay-je pas raison?
Où sont ces beaux projets, ces ardeurs tant vantées?

ERASTE.

L'vne & l'autre me jouë, & se sont concertées.

LYDIE.

Laisser vne beauté qui luy vouloit du bien,
D'vn peuple médisant la fable & l'entretien,
Est sans doute vn exploict bien digne de memoire,
Et pour vn Gentilhomme vn beau sujet de gloire!

ERASTE.

Au nom d'Amour, Lydie, écoute moy deux mots!

LYDIE.

I'en ay trop écouté, traistre, pour son repos,
Et pour l'honneur encor de toute sa famille.
Ha! s'il me fut iamais déplaisant d'estre fille,
C'est à present, ingrat, que de ces foibles mains,
Je ne puis t'arracher ces yeux trompeurs & vains,
Et que i'aurois besoin, ame double & traistresse,
Des forces de ton sexe, à punir ta foiblesse!

[illegible] paroist, qui les voit parler ensemble.

ERASTE.

Quoy, ie n'obtiendray pas de parler vn moment?

LYDIE. s'en allant.

Non, tu m'offencerois d'vn adieu seulement.

ERASTE.

ERASTE.

Quelque enuieux, ſans doute, a deſſeruy ma flâme!
Conſultons-en Lelie.

SCENE XI.

ORGYE, LYDIE.

ORGYE.

A Dieu donc, bonne Dame!

LYDIE.

Il eſt vray, ie ſuis bonne, & croy, ſans me vanter,
N'auoir point juſqu'icy donné lieu d'en douter.

ORGYE.

L'eſtat où ie te treuue, au moins, le juſtifie;
Vous parliez, ou d'Egliſe, ou de Philoſophie!

LYDIE.

Quel grand mal ay-je fait? ne peut-on ſans ſoupçon,
En paſſant ſeulement, ſaluer vn garçon?

ORGYE.

Non, tout ce vain salut, n'est que franche cabale,
Qui n'est point sans dessein, non plus que sans scandale;
Et i'ay tousiours appris, que iamais suborneur,
De fille de maison n'a corrompu l'honneur,
Que par l'intelligence & par le ministere,
Tantost de sa seruante, & tantost de sa mere.
C'est toy, qui de ma niece animant les souhaits,
Luy portes l'ambassade, & luy rends les poulets;
Qui traictant pour Eraste, as enfin, malheureuse,
Mis aux termes qu'elle est leur ardeur amoureuse!

LYDIE.

Vous payez d'vne belle & rare qualité,
Quatorze ans de seruice & de fidelité.

ORGYE.

Tu reconnois bien mieux l'honneur qu'en ma famille
On t'a tousiours rendu, comme à ma propre fille!

LYDIE.

Si cet honneur m'est grand, le bon-heur de m'auoir,
Est le plus grand aussi qu'elle ait pû receuoir.

ORGYE.

Ailleurs que dans la ruë, indiscrette, impudente,
Je te ferois cracher cette langue insolente,

Et r'entrer dans le sein cet orgueilleux propos ;
Mais vien, dans la maison nous en dirons deux mots.

LYDIE.

Ie n'y rentreray point apres cette menace,
L'estime où l'on m'y tient, visiblement m'en chasse.

ORGYE, la tirant par les cheveux.

Je t'obligeray bien d'y rentrer malgré toy.
Allons, fripponne.

LYDIE.

A l'ayde ! ô Ciel, secourez-moy !

ORGYE.

Entre, infame, entre, & croy qu'au déclin de mon âge,
Je n'ay point tant perdu de force & de courage,
Qu'il ne m'en reste encor assez pour me vanger,
Pour me faire obeyr, & pour te bien ranger.

ACTE V.

SCENE PREMIERE.

LYDIE seule, sortant en colere.

IE serois bien sans cœur, sans honneur, & sans ame,
Si me voyant traictée, & d'esclaue, & d'infame,
Noire de coups de pieds, de poings, & de baston,
M'en pouuant ressentir, ie n'en tirois raison!
On a gagné la mort par ses mauuaises graces,
La rouë & les gibets sont ses moindres menaces!
Mais si dés aujourd'huy ie ne m'en satisfaits,
Ie veux bien de la haine encourir les effets!
Je ne veux que ma langue à seruir mon courage,
Et des pieds & des poings me reparer l'outrage,
Ma vangeance dépend seulement de deux mots,
Allons chercher Anselme; ô qu'il sort à propos!

SCENE II.

LYDIE, ANSELME.

LYDIE.

PVis-je obtenir, Anselme, vn moment d'audience,
Et pour vostre interest, & pour ma conscience?
Ie ne vous veux qu'vn mot.

ANSELME.

Parle, i'en suis content.

LYDIE.

Ie vous viens declarer vn secret important,
Qui comble d'autant d'heur la fin de vostre vie,
Qu'il doit de desespoir combler celle d'Orgye.

ANSELME.

Tu sçais qu'on ne doit pas, sans des sujets bien grands,
Entre deux vieux amis semer des differends;
Car apres quelque éclat, quand moins on le presume,
Leur courroux s'éteignant, l'amitié se r'allume,

La paix renaist entr'eux, mais du donneur d'aduis,
Ils deuiennent tous deux les communs ennemis.

LYDIE.

Apres le beau payement dont il m'a satisfaite,
L'estat qu'il fait de moy, les coups dont il me traitte,
Je ne pretends plus rien en son affection,
Et sçay que vous m'aurez vne obligation.

ANSELME.

Parle donc, ie t'entends.

LYDIE.

Vous sçaurez qu'Aurelie,
Dont le rachapt cousta tant de pas à Lelie,
Et qui de vostre fille auiourd'huy tient le rang,
Ne vous appartient point, & n'est point vostre sang;
Eroxene est son nom, Pamphile fut son pere.

ANSELME.

Il fut de mes amis, le Ciel luy soit prospere.

LYDIE.

Et celle qu'en ce nom, on éleua chez nous,
Est la vraye Aurelie, & tient le iour de vous.

ANSELME.

Que me dis tu, Lydie? & qui te l'a fait croire?

LYDIE.

Ma mere auant sa mort, m'apprit toute l'histoire;
Escoutez seulement; ce fruict de vostre amour,
Des flancs qui le portoient, estant à peine au jour.
Il vous peut souuenir qu'on luy choisit Fenice,
Femme de ce Pamphile.......

ANSELME.

Il est vray, pour nourrice.

LYDIE.

Mais il n'arriua pas selon vostre dessein,
A sa fille Eroxene elle garda son sein;
Et commit Aurelie à nourrir à ma mere,
Sous le nom d'Eroxene.

ANSELME.

A quoy tout ce mystere?
Et qui leur inspira cette mauuaise foy?

LYDIE.

Vn monstre furieux, qui ne suit point de loy.

ANSELME.

Quel?

LYDIE.

La necessité, qui pressoit leur famille,
Et leur espoir estoit, que vous donnant leur fille,
Vous la deuriez vn iour pouruoir si richement,
Qu'ils en pourroient tirer quelque soulagement,
Quand ne la voyant plus dessous vostre puissance,
Ils luy feroient sçauoir son nom & sa naissance.

ANSELME.

Dans le cœur d'vn mortel, ce dessein peut entrer!

LYDIE.

Oüy, mais par ceux de Dieu, qu'on ne peut penetrer,
Et qui des plus subtils passent l'intelligence,
D'vn outrage inconneu vous tirastes vengeance;
Car enfin il aduint, que leurs biens augmentez,
Et leurs possessions, passant vos facultez,
Au poinct qu'ils meditoient, & se treuuoient en peine,
De vous rendre Aurelie, & reprendre Eroxene,
Le Ciel permit sa perte & son euenement,
(De leur crime secret, visible chastiment,)
Fut pour l'vn & pour l'autre vne atteinte funeste,
Qui leur cousta le iour; mais oyez ce qui reste.
Pamphile, sur le poinct de partir de ce lieu,
Et d'aller rendre compte au Tribunal de Dieu,

Dispos-

Dispoſa de ſes biens, en faueur de ſon frere,
(Ce traiſtre, à qui le Ciel ſoit à iamais contraire!)
Ce malheureux Orgye; aux charges neantmoins,
Qu'au rachapt d'Eroxene, apportant tous ſes ſoins,
S'il la tiroit des mains de ce peuple infidelle,
Il luy deuoit choiſir vn party digne d'elle;
Et pour le rencontrer, ſortable à ſes appas,
La doter ſur ſon bien de dix mille ducats.
Ou qu'arriuant qu'enfin ſa recherche fut vaine,
Voſtre vraye Aurelie, & la fauſte Eroxene,
Par vn article exprés du meſme teſtament,
En prendroit par ſes mains deux mille ſeulement;
Faiſant voir maintenant, que celle qu'en Turquie
Voſtre fils rachepta ſous le nom d'Aurelie,
Eſt la vraye Eroxene, & ſa niepce en effet;
Iugez s'il aura lieu d'en eſtre ſatisfait?
Et ſi ſon plus beau bien, retournant à ſa ſource,
Et dix mille ducats luy ſortant de ſa bourſe,
(Qui ſont dix mille traits qui luy fendront le ſein,)
Il ſe pourra vanter que mon courroux ſoit vain?
Ainſi ie diuertis vn fatal mariage,
Vous redonne vne fille, & vange mon outrage.

ANSELME.

Mais qui peut là-deſſus m'éclaircir auec toy?

LYDIE.

Outre le teſtament qui vous en fera foy,

Outre que vostre sang en rendra témoignage,
Outre vostre rapport de poil & de visage,
Vostre seul souuenir vous peut conuaincre enfin,
Par vne marque au bras, en forme de raisin.

ANSELME.

Il m'en souuient Lydie, & ce signe visible
Nous en sera la preuue, & la marque infaillible;
Il me souuient de plus, (Ciel, tu le peux sçauoir,)
Qu'il ne m'est de ma vie arriué de la voir,
Que ces doux mouuemens, dont le sang s'interprette,
N'ayent semblé m'aduertir par vne voix secrette,
(A laquelle pourtant ie ne m'arrestois point,)
De l'étroitte vnion, dont Nature nous joint.
I'en auois pour Lelie arresté l'alliance,
Où, (non sans vne longue & juste repugnance,)
Orgye auoit enfin lâchement consenty;
Et i'en eusse accepté l'incestueux party,
Sans ton heureux aduis, pour nous si salutaire.

LYDIE.

Du testament, au reste, Eugene est le Notaire,
Vostre prochain voisin.

ANSELME.

Je m'y rends de ce pas;
Entre chez moy, Lydie, & ne t'éloigne pas; L'Orgye sort.

Que ie m'acquitte à toy d'vne debte equitable,
Si ce que tu me dis se treuue veritable.

LYDIE.

Allez, vous treuuerez que ie ne vous ments point;
Mais le prix que i'en veux, à ma vengeance est ioint;
Déchargeant ma colere auec ma conscience,
Du bien que ie vous fais, i'ay pris la recompense;
J'entreray toutesfois, & d'vn œil satisfait,
Verray de ma vengeance, & le cours & l'effet.

SCENE III.

ORGYE, seul.

MAudite paßion, dangereuse colere,
Foiblesse des vieux ans, mauuaise conseillere,
Qui dessus la raison, donnez l'empire aux sens,
Je crains bien de t'auoir trop creuë à mes dépens!
D'estre de mes malheurs moy-méme le ministre,
Et d'obliger Lydie à quelque effet sinistre!
Vne sotte réponse, vn parler indiscret,
M'ont fait mal à propos hazarder vn secret,

De telle consequence à toute ma famille,
Et qui n'est guiere seur dans le sein d'vne fille;
Elle entre chez Anselme, & vient de luy parler;
O verité trop forte, & qu'on ne peut celer!
Que tu m'es d'vn notable & fatal prejudice!
Et que tu me peux rendre vn redoutable office!
Tu ne perds point ta force, à force de vieillir!
Aucun siecle, aucun temps, ne peut t'enseuelir;
Tu renais quand tu veux, plus brillante & plus claire,
Et te sçais reproduire aussi bien que ton pere;
Ton respect m'obligeoit à ne m'emporter pas,
Et ie croy tousiours voir Anselme sur mes pas,
Accuser justement mon peu de conscience,
De cette incestueuse & fatale alliance.
Mais, ou mon œil s'abuse, ou c'est luy que ie voy!
C'est luy! que luy diray-je? ô Ciel, assiste moy!
Ne puis-je l'éuiter?

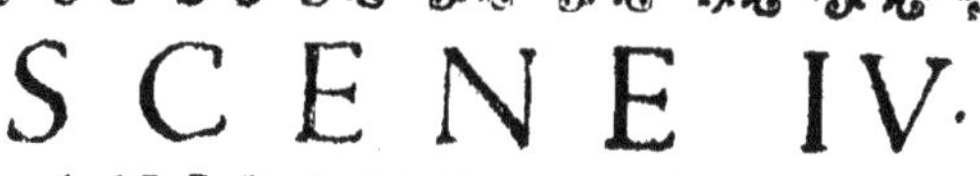

SCENE IV.

ANSELME, ORGYE.

ANSELME.

V*N mot, vn mot, Orgye!*

ORGYE.

Rien ne peut plus, chetif, te ſauuer ſans magie!

ANSELME.

Nous ſommes vieux, Orgye, & tantoſt ſur le poinct,
De partir pour vn lieu d'où l'on ne reuient point;
Sans miracle, iamais ce retour ne s'accorde.

ORGYE.

Le ſermon ſera long, n'en voicy que l'exorde;
O funeſte courroux!

ANSELME.

Vous ſçauez, qu'eſtant morts,
Noſtre premier deuoir, au ſortir de ce corps,
Eſt, de rendre à l'inſtant compte de noſtre vie,
A qui nous l'a donnée, & qui nous l'a rauie!
Et qu'en ce compte exact que nous rendons à Dieu,
La reſtitution tiendra le premier lieu;
Par elle ſeulement noſtre offence s'efface,
Et ſans elle vn pecheur ne treuue point de grace.

ORGYE, en luy-meſme.

Quand il faut demander, nous faiſons des ſermons,
Mais à reſtituer, nous ſommes des demons.

ANSELME.

Viuants, si nous voulons, nos œuures sont vtiles,
Mais apres le trépas elles sont infertiles;
Et c'est en l'autre vie vn souuenir bien doux,
Qu'icy bas nos pechez soient morts premier que nous.
Malheureux, qui croyant ses affaires secrettes,
Laisse à ses heritiers la charge de ses debtes;
Puis qu'alors que les biens sont vne fois vendus,
Le bien, & mal acquis, ne se separent plus;
C'est vn Jdole d'or, que le plus sage adore.

ORGYE..

Le Caresme n'est plus, & vous preschez encore!
Venons au fait de grace.

ANSELME.

Attendez, m'y voicy,
Je ne vous en auray que trop tost éclaircy;
Vostre frere, de bonne & d'heureuse memoire......

ORGYE.

De mauuaise pour moy; mais abregez l'histoire.

ANSELME.

M'a par vn crime enorme, & pour moy tout nouueau,
Changé, (pour faire court,) vne fille au berceau.

ORGYE.

Escoutez.

ANSELME.

Mais de grace, écoutez moy vous méme;
De peur que commençant dedans ce trouble extréme,
Le deny d'vn forfait, aueré clairement,
Vous ne le soustenież apres obstinement;
Et qu'il n'en faille enfin passer aux violences,
Qui font de la justice exercer les balances;
Ne vous promettez plus d'éblouïr nos esprits;
I'ay veu le testament, par qui i'ay tout appris;
Qui veut.......

ORGYE.

I'en suis d'accord, & sçay ce qu'il m'ordonne.

ANSELME.

Executez-le donc, & Dieu vous le pardonne.

ORGYE.

Encor qu'auec raison ie pûsse m'excuser
Du tort, qu'en ce rencontre on voudroit m'imposer,
N'ayant point eu de part en la sourde pratique.......

ANSELME.

N'entrons point, ie vous prie, en cette Rethorique.

Et parlons ſeulement de reſtitution.

ORGYE.

Ne laſchez point la bride à voſtre paßion,
Voſtre fille eſt à vous, vous la pouuez reprendre;
Mais ne nous oſtez point ce qui ne ſe peut rendre;
L'honneur, qui ne s'acquiert, ny ſe perd qu'vne fois;
Et moderez vn peu l'accent de voſtre voix,
Vous obtiendrez autant auec moins de furie.

ANSELME.

L'injuſtice eſt muette, & la juſtice crie;
Rendez graces au Ciel, dont le ſoin prouident,
De cet enorme Hymen, diuertit l'accident;
Car quoy que vous n'ayez, qu'auec repugnance,
Conſenty cette injuſte & funeſte alliance,
Vous n'encouriez pas moins vn ſupplice eternel,
Qui peche, y repugnant, en eſt plus criminel;
Mais pour n'intereſſer mon droict, ny voſtre eſtime,
De vous-meſme, & ſans bruit, reparez en le crime;
Et puis que cet intrigue eſt aſſez éclaircy,
Allons prendre Aurelie, & la rendons icy.

ORGYE.

Allons, elle eſt chez moy. Deteſtable Lydie,
Ta mort ſera la fin de cette Tragedie.

Ie

Je t'auray, malheureuse, & tu ne m'auras pas,
Impunément cousté des dix mille ducats!

SCENE V.

CONSTANCE, AVRELIE, LYDIE.

CONSTANCE.

O Ciel! comment répondre à des faueurs si grandes!
Tes liberalitez excedent mes demandes!
Par les éuenemens tu surpasses mes vœux;
Je cherchois vne fille; & i'en recouure deux!
Comme sans jalousie, aussi sans preference,
Le sang m'a produit l'vne, & l'autre l'alliance.

AVRELIE.

Je me treuue moy-mesme, & m'égare à la fois,
Dans l'excez du plaisir, qui m'interdit la voix;
Quel miracle inoüy, rendant nos vœux sans crime,
Me fait de vostre fils, femme, & sœur legitime?
Et d'vn éuenement heureusement confus,
Demeurer vostre fille, apres ne l'estre plus?
Chere Lydie, helas! comment te rendre grace!

LYDIE.

Ie me satisfaits trop de tout ce qui se passe.

CONSTANCE

Pouuons nous , ny comblant , ny passant tes souhaits ,
Te donner rien d'egal au bien que tu nous faits ?
Mais nous differons trop d'aller voir Aurelie.

LYDIE.

Ie vous attends icy ; car d'entrer chez Orgye ,
Ie n'espererois pas que l'on m'y receut bien ;
Il fait chaud pour moy , le bois n'y couste rien ;
Mais vous n'irez pas loin rechercher cette joye ,
Le voicy ; ie me cache , & crains qu'il ne me voye.

SCENE VI.

ANSELME, ORGYE, EROXENE, CONSTANCE, AVRELIE, LYDIE.

ANSELME.

VOstre mere s'auance , & vous vient receuoir ;
Saluez-la ma fille.

EROXENE.

Agreable deuoir!

CONSTANCE, l'embrassant.

Ma fille! ha, quelle aimable & douce violence,
M'interdit la parole, & m'oblige au silence!

EROXENE, qui est Aurelie.

Ma mere! ce cher nom est tout mon compliment!
Mon sang veut parler seul en ce doux mouuement!

ANSELME.

Ie cache en vain mes pleurs; par vn tendre caprice,
De la douleur, la joye emprunte icy l'office;
Vous hyer Aurelie, Eroxene aujourd'huy,
Reconnoissez vostre oncle, & possedez chez luy,
Ce que vous ont laissé ceux dont vous tenez l'estre.

AVRELIE à Orgye, le saluant.

Je prefere à tous biens, celuy de le reconnoistre.

ORGYE.

Cet heur est reciproque entre les vrais parents,
Et ie r.couure en vous plus que ie ne vous rends;
Vne autre a trop long-temps vostre place occupée.

LYDIE.

La beste ne mort plus, lors qu'elle est attrapée.

ANSELME.

Il reste vne faueur que i'implore de vous,
Qu'vn genereux oubly, forçant vostre courroux,
De ce crime obligeant, Lydie obtienne grace.

ORGYE.

La receuant de vous, il faut que ie la fasse;
Ie veux tout oublier, encor qu'à mes dépends.

LYDIE paroissant, & se jettant à ses pieds.

Ie la viens receuoir, & faire en mesme temps;
Vous protestant aussi d'oublier ces caresses,
Dont ie n'ay pas raison de vanter les tendresses,
Qui ne procedoient point d'vn violent amour,
Et dont le dos enfin me cuira plus d'vn iour.
Elle dit à Eroxene.
Vous, Madame, apprennez vne heureuse nouuelle;
Eraste.......

EROXENE.

Ha, m'ozes-tu nommer cet infidelle!

LYDIE.

Escoutez entre nous ce qu'Ergaste m'a dit.

CONSTANCE.

I'oze à mon tour, Orgye, hazarder mon credit.

ORGYE.

Vsez de mon pouuoir, auec toute franchise.

CONSTANCE.

Ie demande vne grace.

ORGYE.

Elle vous est acquise.

CONSTANCE.

Elle l'est en effet, puis que plus de deux ans,
Ont déja veu durer l'Hymen que ie pretends,
De la vraye Eroxene, ou la fausse Aurelie,
Que Lelie épousa sous le nom de Sophie;
Hymen, qui trauersé par vne courte erreur,
Qui semoit parmy nous la tristesse & l'horreur,
Ne nous inspiroit plus que des pensers funebres.

ANSELME.

O combien ce beau jour dissipe de tenebres!

ORGYE.

Cet heur est le plus grand qu'elle ait pû s'acquerir,
Et nous honore trop, pour ne le pas cherir.

CONSTANCE, à Anselme.

Et vous, pour couronner cette heureuse journée,
D'Eraste & d'Aurelie, aggréez l'Hymenée,
Puis que i'ay de Lydie appris leur paßion.

ANSELME.

Vous preuenez mon sens, & mon intention.

CONSTANCE.

Mon inclination suiura tousiours la vostre;
Ergaste, par mon ordre, ameine l'vn & l'autre;
Et pour les mieux surprendre, & charmer leur soucy,
Ne leur a point conté ce qui se passe icy.

SCENE VII.

LELIE, ERASTE, ERGASTE, ANSELME, ORGYE, AVRELIE, CONSTANCE, EROXENE, LYDIE.

LELIE.

EST-ce pour honorer l'appareil de ma perte?
Que l'on s'assemble icy?

CONSTANCE.

L'affaire est découuerte,
Vostre pere à tout sceu, mais par d'autres que nous.

LELIE.

Que different donc plus les traits de son courroux?

ANSELME.

Satisfaites, Lelie, aux iugemens celestes,
D'vn profond repentir detestez vos incestes,
Et pour les reparer, renoncez à nos yeux,
Aux plaisirs interdits d'vn Hymen vicieux;
Espousez Eroxene, & quittez Aurelie.

LELIE.

Vous estes, comme autheur, maistre aussi de ma vie;
Mais ie ne le suis pas de mes vœux, ny de moy,
Pour si facilement disposer de ma foy;
S'il faut que mon forfait par mes remords s'efface,
J'en veux mourir coupable, & ne veux point de grace.

EROXENE.

Et toy, pour satisfaire à mon cœur irrité,
Et luy faire raison de ta legereté,
Traistre, oublie Eroxene, & qu'au sort d'Aurelie,
Vn serment solemnel aueuglement te lie!

ERASTE.

Vous estes souueraine, & pouuez tout sur moy;
Horsmis de m'imposer cette barbare loy.

ERGASTE.

Et si sans vous contraindre, ou vous rendre coupables,
De ces deux changemens ie vous rendois capables.

LELIE.

Ton effort seroit vain.

ERASTE.

Le Ciel ne le peut pas.

CONSTANCE.

O l'agreable erreur!

ANSELME.

O plaisir plein d'appas!

CONSTANCE.

C'est trop vous voir souffrir, & vous laisser en peine;
Aurelie aujourd'huy se treuue estre Eroxene;
Et l'astre dominant dessus nostre maison,
A fait que d'Eroxene, Aurelie est le nom;

Par

Par ce rare incident, vostre Hymen est sans crime,
Et ce qu'on vous prescrit se treuue legitime.

ANSELME, à tous deux.

Oüy, mon fils, oüy mon gendre, & cette verité,
Semble vn jeu pour nostre heur dans le Ciel concerté;
Ainsi, sa prouidence aux siens est salutaire;
Mais allons à loisir éclaircir ce mistere,
Par qui, mon cher Eraste, Aurelie est à vous,
Et de la Sœur, le Frere est legitime époux.

LELIE.

O Ciel! de ce transport vn homme est il capable!

AVRELIE.

Vous couriez au supplice, & n'estiez point coupable.

EROXENE.

Pardonnez, cher Eraste, à la credulité,
Qui m'a fait soupçonner vostre fidelité.

ERASTE.

A qui dépend de vous, cette excuse est friuole,
L'excez de mon bon heur m'interdit la parole.

Tous entrent, horsmis Ergaste & Lydie.

ERGASTE.

Que t'en semble, Lydie?

LYDIE.

Et que t'en semble à toy?

ERGASTE.

Si ie t'offrois mes vœux?

LYDIE.

Je t'offrirois ma foy.

ERGASTE.

Si tu veux, ie suis tien.

LYDIE.

Et si tu veux, ie t'aime.

ERGASTE.

Ie parle tout de bon.

LYDIE.

Ie parle tout de mesme.

ERGASTE, luy touchant dans la main.

Va, iamais autre objet n'aura ma liberté.

LYDIE.

O fauorable Hymen, & bien tost arresté!

FIN.

www.ingramcontent.com/pod-product-compliance
Ingram Content Group UK Ltd.
Pitfield, Milton Keynes, MK11 3LW, UK
UKHW020153200726
13856UKWH00003B/977